खुली हुई नाव

(कहानी-संग्रह)

नवोदय सेल्स
नयी दिल्ली-2

खुली हुई नाव

(कहानी-संग्रह)

हरिमोहन

नवोदय सेल्स
21-A, दरियागंज, नयी दिल्ली-110002
द्वारा प्रकाशित

संस्करण : 1994
मूल्य : 60.00 रुपये

जौहर ऑफसेट प्रिंटर्स
दिल्ली-110053

KHULI HUI NAAV
by Harimohan

आपस की बात

- अलग-अलग तरह की ये कथा-रचनाएं अलग-अलग उद्देश्य और अलग-अलग ढंग से लिखी गई हैं।
- इन रचनाओं में जो पात्र हैं, वे हमारे-आप के बीच के ही हैं। हाँ, कई स्थितियाँ ऐसी ज़रूर हैं, जो हमें दिखाई नहीं देतीं। कभी-कभी दिखाई देती हैं, तो दूसरे रूप में। इसलिए कुछ अविश्वसनीय अवश्य लग सकती है। हैं, नहीं।
- मैंने पात्रों और स्थितियों को थोड़ा दूर रह देखा है। उनसे आत्मीयता होते हुए भी दूरी बनाए रखी है। यह कठिन काम था, लेकिन यह भी करना पड़ता है। मेरे पात्र मुझे क्षमा करेंगे कि वे इन रचनाओं में जैसे हैं, मेरी अपनी आँख से देखे हुए हैं। हो सकता है कि उनके प्रति अन्याय हो गया हो !
- मुझे किसी रचना के लिए अलग से कुछ नहीं कहना। मान और दण्ड का पूरा अधिकार पाठकों का है।
- अन्त में आभार व्यक्त करना चाहूँगा उन पत्र-पत्रिकाओं के संपादकों का जिन्होंने इन रचनाओं को प्रकाशित कर पाठकों तक पहुँचाया था (विशेषरूप से श्री राजेन्द्र यादव हंस) तथा मृणाल पाण्डे (साप्ताहिक हिन्दुस्तान) का अपने उन परिचित अपरिचित मित्र-पाठकों को भी धन्यवाद देना चाहूँगा, जो मेरी रचनाएँ पढ़कर मुझे अपनी प्रतिक्रियाएँ भेजते रहे हैं।
- मुझे विश्वास है कि मेरे पहले कहानी-संग्रह "एक चेहरा पिता" (1989) की तरह, इस संग्रह का भी स्वागत होगा।

—हरिमोहन

क्रम

सिर्फ सोचते हुए

वे ड्रेसिंग टेबल के सामने खड़ी अपने आप को देख रही हैं। बड़े ही मोहक ढंग से। उन्होंने अपना हाथ ड्राअर में डाला और लिपिस्टिक का डब्बा निकाल लिया। वे तय नहीं कर पा रहीं कि कौन-सा शेड चुनें। सोच-ि ारकर उन्होंने गहरे गुलाबी रंग की लिपिस्टिक खोली। उनका हाथ होठों के पास आकर रुक गया... साथ की टीचर्स क्या कहेंगी ? फिर वे खुद ही लजा गयीं। इतनी गहरी लिपिस्टिक तो उन्होंने पच्चीस-तीस वर्षों में कभी नहीं लगाई। उन्होंने उसे वापस रख दिया। दूसरा हल्का शेड निकाला। बेमन से उसे होठों पर रगड़ लिया। उन्हें लगा ही नहीं कि कोई शेड लगाया भी है ! रूमाल निकाला और उस शेड को जल्दी से पोंछ दिया। कुछ गहरा शेड तो होना ही चाहिए। ऐसा क्या कि लगे ही नहीं लिपिस्टिक लगी है ! कोई कुछ कहे तो कहे, मैं भी किसी से कुछ कहती हूँ क्या ? मिसेज चावला इस उम्र में कितना गहरा लाल शेड लगाकर आती हैं। एक निश्चय के बाद उन्होंने हल्का गुलाबी शेड चुना और लिपिस्टिक लगाने लगीं। उन्होंने फिर अपने आपको ध्यान से देखा। केश आगे से सफेद हो चले हैं। देखकर वे कुछ उदास हो गयीं। उनको एक प्रसंग याद आ गया, जो कभी उन्होंने पढ़ा था। "स्त्री की यौवनावस्था चन्दन के तरु के समान है। श्याम केश रूपी सर्प इसी से उस पर लिपटे रहते हैं। पर ज्यों ही यौवनावस्था समाप्त हुई, तो यह चन्दन-तरु सूख गया। नीरस काठ पर सांप भला क्यों लिपटे रहने लगे। वे अपनी सफेद केंचुल वहीं छोड़ कर अन्यत्र चले जाते हैं। अब केंचुल भी भला किसी को डस सकती है।"

'हूँ ! ये तो कवियों की कल्पनाएं हैं !' उन्होंने अपने भीतर उभर आये इस प्रसंग को झटक कर दूर कर दिया। गरदन झटकने के साथ ही उनके केश

भी उनके गालों के ऊपर लटक आये। उन्हें अपने केश ठीक-ठीक लगे।

दर्पण में पिछली खिड़की का प्रतिबिम्ब दिखाई दे रहा था। उनका ध्यान अब उसी पर टिक गया। खिड़की के पार से हरसिंगार का पेड़ झाँक रहा था। उस पर फूल आने लगे थे। उन्हें आश्चर्य हुआ कि यह पेड़ पहले कभी क्यों नहीं दिखाई दिया ! आज अचानक यहाँ कैसे उग आया ! कभी-कभी ऐसा ही होता है। हम अपने आसपास की बहुत-सी चीजों पर ध्यान नहीं देते, जबकि वे वहीं होती हैं ! हरसिंगार को कुछ देर तक देखने के बाद उनके मन में एक विचार फूटा—वे इसका एक ताजा फूल तोड़ कर अपने केशों में टाँक लें ! छिः ! अपना ही विचार उन्हें बचकाना लगा। दो चोटी बनाकर जब वे स्कूल जाया करती थीं तो उनकी सहेली मीरा कभी-कभी कोई फूल अपने साथ उनके केशों में भी टाँक दिया करती थी। अब दर्पण के सामने उनकी जगह बारह-चौदह साल की एक छोटी-सी लड़की खड़ी थी। वे देर तक उस लड़की को निहारती रहीं। दर्पण में वह थी और उसके पीछे फूलों से लदा हरसिंगार...

डॉ॰ कुमार पत्नी को देर तक ड्रेसिंग टेबल के सामने खड़ी होकर सवरते हुए देख रहे थे। चुपचाप जब मिसेज कुमार ने दर्पण में हरसिंगार के पीछे से झाँकते पति को देखा तो बारह-चौदह साल की लड़की उस पेड़ में छिप गई। वहाँ अब वे थीं। अपने में लौटीं तो मुड़कर पति की ओर देखा। मुस्कराते हुए पति से दृष्टि मिलते ही शरमा गयीं।

कुमार साहब धीरे-धीरे चल कर पत्नी के पास आये और उनके कंधे पर हाथ रखकर खड़े हो गये। कुछ देर दोनों इसी तरह खड़े रहे।

"यूनिवर्सिटी नहीं जाना है !" डॉ॰ कुमार ने कहा।

"......न्" बिना कुछ कहे, मिसेज कुमार ने सिर हिलाया।

"पर मुझे तो जाना है !"

"चाय तो बना दूँ।"

"आज हम ही बनाये देते हैं, आपका मेकअप बिगड़ जाएगा।"

"हिट् शरारती..." कहने के साथ ही मिसेज कुमार पति से अलग हट कर किचिन की ओर चली गयीं।

दोनों अब चाय की टेबल पर थे। नाश्ते के बीच उन्हें बच्चों की याद हो आयी। सात महीने पहले ही उन्होंने अपने बेटे की शादी की है। बम्बई में इंजीनियर है। पिछले हफ्ते आया था। दोनों बेटियाँ भी सुखी हैं। इस उत्तरदायित्व को उन्होंने बखूबी निभाया है। सामने देवेन का बचपन का एक फोटो लगा है। वे अब उसी पर दृष्टि टिकाये हैं। छोटा-सा देवेन अपनी बाँहें फैलाये उनकी ओर बढ़ रहा है और वे उसे ऊपर उठाने के लिए झुकी हुई हैं। सहसा उनके रचनात्मक मन में एक सूक्ति ने जन्म लिया—'छोटों को उठाने के लिए, बड़ों को झुकना पड़ता है !' फिर इसके समानान्तर उन्होंने यह पंक्ति जोड़ ली—'छोटों को उठने के लिए, बड़ा होना पड़ता है !'

मिसेज कुमार की आँखें नम हो गयीं। जब भी बच्चों की याद आती है, ऐसा ही होता है। इस दर्द को डॉ॰ कुमार अच्छी तरह समझते हैं। वे पत्नी का ध्यान किसी न किसी तरह बँटाने की कोशिश करते हैं। खालीपन उन्हें भी खलता है। वे पत्नी की मनोभावनाओं को अच्छी तरह पहचानते हैं। बच्चों के पालन-पोषण से लेकर, उन्हें सुशिक्षित बनाने में पत्नी ने अपने सुखों पर भी कभी ध्यान नहीं दिया। अपना लिखना-पढ़ना पीछे छोड़ दिया, जबकि वह और भी बहुत कुछ पढ़ सकती थीं। मुझे अनावश्यक कभी डिस्टर्ब नहीं किया। यह सब वे बार-बार महसूस करते हैं। इस उम्र में हमें एक-दूसरे की ज्यादा जरूरत है।

"सुनो !" पत्नी का हाथ छूकर, वे उनका ध्यान बँटाने के लिए पूछते हैं—"आज तुम्हारा आखिरी पीरियड कितने बजे है ?"

"एक बजे फ्री हो जाऊँगी।"

"ठीक है, आज जल्दी आ जायेंगे।"

डॉ॰ कुमार के इस कथन से मिसेज कुमार को प्रसन्नता हुई।

यूनिवर्सिटी से लौटने के बाद मिसेज कुमार खाना बनाने की तैयारी में जुट गयीं। उन्होंने पति की पसन्द की कई चीजें बना डालीं। आज उनमें एक नया उत्साह दिखाई दे रहा था। वे बाहर लॉन में एक पेड़ के नीचे कुर्सी डालकर बैठ गयीं और पति के लौटने की प्रतीक्षा करने लगीं। बार-बार गेट के बाहर मेडीकल कॉलेज से आने वाली सड़क पर दूर-दूर तक देख लेतीं। थोड़ी देर भी

उन्हें भारी लग रही थी। अचानक डॉ. कुमार का स्कूटर आता दिखा। उद्विग्नता की जो परत मन को जड़ किये दे रही थी, वह स्फूर्ति से संचरित हो गई। 'हाँ वे ही हैं !' उन्होंने निश्चय किया और उठ कर अन्दर आ गयीं।

खाने के बीच उन लोगों ने तय किया, कहीं आउटिंग पर चला जाये। अगले हफ्ते से दस दिन की छुट्टियाँ हैं। पर कहाँ : इस पर दोनों सोच रहे थे। वे चाहते थे ऐसी कोई जगह जहाँ बिल्कुल एकान्त हो। भीड़-भाड़ भागम-भाग से दूर। पिछली बार के अनुभव को वे दोहराना नहीं चाहते थे। मिसेज कुमार ने पिछली बार जब बेटी शुभा के यहाँ जाने की तैयारी की थी, तो कुमार साहब बिना मन के चले तो गये थे, लेकिन दोनों ने ही बाद में अनुभव किया कि वह यात्रा ज्यादा सुखद नहीं रही। यों, बेटी ने खूब स्वागत-सत्कार किया। उनकी सुख-सुविधा में कोई कमी नहीं रखी थी। पूरा कलकत्ता घुमा दिया था। बच्चे भी नानी-माँ के पास खूब खुश थे। पर पता नहीं क्यों उन्हें मानसिक तोष नहीं मिल पाया था। बच्चे जिद करके वीसीआर पर कोई फिल्म लगा देते। कभी स्कूल का होमवर्क लेकर बैठ जाते। कभी बेटी शॉपिंग के लिए साथ ले जाती। उन्हें लगता, वे अपने लिए नहीं इन लोगों के लिए यहाँ आयी हैं। शुभा और उसके बच्चों के साथ अच्छा तो लगता, पर क्या बात हुई कि वीसीआर से चिपके हैं, तीन-तीन पिक्चरें देखी जा रही हैं। सो, अबकी बार मिसेज कुमार ने तय किया, "किसी के यहाँ नहीं जायेंगे, किसी हिलस्टेशन पर चला जाये !"

"हाँ, यह ठीक रहेगा।" डॉ. कुमार ने पत्नी के इस प्रस्ताव का अनुमोदन किया। "इन दिनों ज्यादा भीड़-भाड़ भी नहीं होगी।... पर मौसम..." वे सोच कर कुछ रुके, लेकिन पत्नी ने इसका निदान कर दिया, "आजकल मौसम का कुछ निश्चय नहीं। देख रहे हैं, दशहरा आने को है, सर्दी के कोई लक्षण अभी नहीं उभरे। फिर वहाँ भी तो लोग रहते ही हैं ! चलो चलते हैं। और कुछ नहीं तो बर्फ देखेंगे ! गर्म कपड़े ज्यादा ले चलेंगे... क्यों ?" उन्होंने पति की ओर देखा।

कई जगहों के बाद तय हुआ, मसूरी चला जाए।

एक नये उत्साह से लैस होकर डॉ॰ कुमार और मिसेज कुमार मसूरी के लिए रवाना हुए। सप्ताह-भर वे दोनों अपने साथ ले जाने के सामान जुटाते और व्यवस्थित करते रहे। तय कर लिया गया था कोई किताब, कोई काम अपने साथ नहीं ले जाया जाएगा। बिल्कुल हल्के-फुल्के, खाली-खाली, खुले-खुले जायेंगे और वहाँ से उल्लास, अनुभव, नयी स्फूर्ति, ताजगी और आनन्द भर कर लौटेंगे!

पूरे बीस घंटे का सफर था। दिल्ली से देहरादून के लिए आराम से रिजर्वेशन मिल गया था। रात की ट्रेन थी। कभी नींद का झोंका आ जाता, कभी नींद का दूर तक पता न चलता। इसी आँख-मिचोनी में सुबह तक वे हरिद्वार और करीब नौ बजे देहरादून जा लगे। कुछ ठण्डा था, पर कोई खास नहीं। पास ही टैक्सी स्टैण्ड था। मसूरी के लिए उन्होंने एक टैक्सी पकड़ी और ग्यारह बजते-बजते वे लोग मसूरी में थे। देहरादून पार करते ही राजपुर रोड के अन्तिम छोर से ही उत्सुकतावश वे सामने दिखाई देती मसूरी को देखने की चेष्टा कर रहे थे। दोनों मसूरी को देखकर पुलकित होते रहे। सर्पिल चढ़ाई-उतराई वाले रास्ते से गुजरते हुए उन्हें अच्छा लग रहा था।

होटल 'स्नो व्यू'।

हाँ, यही था उस होटल का नाम, जिसके सामने पति-पत्नी दोनों खड़े थे। सूने काउंटर पर बैठा मैनेजर उनको इस मौसम में आया देखकर कुछ चौंका जरूर, लेकिन औपचारिक उत्साह और मुस्कान से उनका स्वागत करने में उसने कंजूसी नहीं की। होटल लगभग खाली था। मैनेजर ने घंटी दबाई, एक अटेण्डेण्ट आ खड़ा हुआ।

"सर ! पहले आप रूम देख लीजिए।" मैनेजर ने कहा।

"ठीक है ! रूम ऊपर एकान्त में हो। और ऐसा, जहाँ से मसूरी देखी जा सके..." डॉ॰ कुमार ने संक्षेप में अपना मंतव्य बताया।

"ओके सर ! आप हमारे यहाँ से कैमल रॉक, लण्ढौर, गनहिल...सब कुछ देख सकते हैं।... एण्ट्री कर दूँ सर ?"

इस बीच अटेण्डेण्ट उनका सामान लेकर सीढ़ियों की ओर चल दिया था। मैनेजर ने उसे निर्देश दिया—"साहब का सामान 302 में पहुँचा दो !"

एण्ट्री करके दोनों लोग सीढ़ियाँ चढ़कर तीसरी मंजिल पर कमरा नं॰ 302

के सामने पहुँच गये।

कमरा साफ-सुथरा था। चटक नारंगी रंग के परदे बड़ी-बड़ी खिड़कियों पर पड़े थे। उनकी आभा कमरे को नयी रंगत दे रही थी। सारी सुख-सुविधाओं से युक्त यह कमरा उन्हें अच्छा लगा। अटेण्डेण्ट ने टीवी ऑन कर दिया था। 'यह टीवी यहाँ भी पीछा नहीं छोड़ेगा !' भुनभुनाकर मिसेज कुमार ने टीवी सेट ऑफ कर दिया।

थकान ज्यादा हो गई थी। सो, पहले आराम करके तब कहीं निकलने के विचार से दोनों ने अपने आप को मुक्त छोड़ दिया। कॉफी पीकर थोड़ी देर लेटे। खाना खाया और एक घण्टे की नींद ली।

परदे हटाकर देखा शाम उतरने में अभी देर थी। फिर भी उजास मद्धिम था। मौसम में हल्की-सी ठंडक। वे लोग खिड़की के बाहर का दृश्य काफी देर से देख रहे थे। गनहिल यहाँ से ज्यादा साफ तो नहीं, बहुत हल्की धुएँ से आवृत दिखाई दे रही थी। वे सिर्फ अनुमान ही लगा सकते थे। दूर-दूर तक फैली घाटी एक साफ-सुथरी पेन्टिंग-सी दिख रही थी। पाँच बजे के पहले ही वे लोग कमरे से निकल लिये।

माल रोड पर थोड़ी भीड़ बढ़ गयी थी। रंग-बिरंगे कपड़ों में उन जैसे ही कुछ सैलानी घूमने निकले थे। हथरिक्शे कम थे, पर फिर भी कुछ लोग थे, जो उनका आनन्द उठा रहे थे। मिसेज कुमार को अजीब लगा यह सब कि दो फटेहाल आदमी मजे से बैठे आदमियों को खींच कर चढ़ाई चढ़ रहे हैं। क्या इन फटेहाल मजदूरों का यही धंधा है ? वे उनके बारे में सोचने लगीं। सीजन के बाद ये लोग क्या करते हैं ? कैसे चलता होगा इनका जीवन ? कब तक यों आदमी—आदमी को खींचता रहेगा ! वे इसी में डूबी थीं और डॉक्टर कुमार आसपास सजी-सँवरी दूकानों, गिफ्ट हाउस और उनके आसपास खड़ी महिलाओं को देखते आगे-आगे चल रहे थे। एकाएक उन्हें पत्नी का ध्यान आया—"थक तो नहीं गयीं ?" थोड़ी दूर चलकर उन्होंने पूछा। बिना उनका उत्तर सुने, उन्हें उन्होंने अपना शाल ठीक से लपेट लेने का निर्देश भी दे दिया। ठण्डी हवा की छुअन से मिसेज कुमार सिहर गयीं। उन्होंने अपना शाल ठीक किया और पति के साथ सड़क के किनारे बने हवाघर में बैठ गयीं। यहाँ से दूनवेली सुहावनी

लग रही थी। डूबते सूरज की सुनहरी आभा से दीप्त। लाल रंग के छोटे-छोटे कॉटेज, बहुत आकर्षक दीख रहे थे। वे दोनों देर तक वहीं बैठे रहे।

थोड़ा आगे बढ़े। ढाल के बाद एक किनारे आइसक्रीम वाला खड़ा था। इस मौसम में भी आइसक्रीम ! सोचा एक क्षण। फिर उनकी इच्छा हुई कि एक-एक आइसक्रीम ले ली जाए। लोग आ जा रहे थे। आते-जाते लोगों की दृष्टि उन पर पड़ेगी तब कैसा-कैसा लगेगा ? क्या सोचेंगे ये लोग ? उन्हें संकोच हुआ। पता नहीं क्यों उन्हें लगा कि आते-जाते लोग सिर्फ उन्हें ही देख रहे हैं। तब उन्हें याद आयी बच्चों की ! बच्चों के बहाने, उनके साथ हम आसानी से आइसक्रीम खा सकते थे ! यहाँ बच्चों की उपयोगिता का एक नया आयाम उनके सामने खुला। अकेले इस तरह, चौराहे पर, लोगों की निगाहों के भीतर बँध कर उन्हें आइसक्रीम खाने की इस असहजता से बचने का एक उपाय सूझा। वे एक कोने में खड़े दो बच्चों के पास पहुँचीं और प्यार से उनसे बात करने लगीं। फिर उन्हें अपने साथ आइसक्रीम वाले के पास ले आयीं। बच्चों को आइसक्रीम दिला कर स्वयं भी उन्होंने एक-एक आइसक्रीम ले ली। बच्चे खुश होकर अपने पापा-मम्मी के पास दौड़ गये। अब वे बहुत सहज, बहुत प्रसन्न, बड़े इत्मीनान से पति के साथ आइसक्रीम खा रही थीं।

माल रोड के बाद वे लोग घूम-घाम कर लण्ढौर बाजार निकल आये। फिर गाँधी-चौक पर आ गये। गाँधी द्वार के निकट बैठने की जगह थी। और भी लोग वहाँ बैठे थे। वे दोनों वहीं एक बैंच पर आकर बैठ गये। कुछ बच्चे खिलखिलाते दौड़ रहे थे। एक-दूसरे को छोटे-छोटे पत्थर फेंक रहे थे। वे उन्हें देखती रहीं। बच्चों की शरारतें...। ऐसे में उन्हें बार-बार अपने बच्चे याद आ रहे थे। जब वे छोटे थे, उन्हें लेकर वे कम ही निकल पाती थीं घूमने। फिर जब बड़े हुए तो उनकी पढ़ाई-लिखाई ने नहीं निकलने दिया। सोच कर मन ही मन हँसीं, अब उनके बिना निकली हैं, तो वे याद आ रहे हैं !

डॉ॰ कुमार 'असुविधा तो नहीं' इस भाव से बार-बार पत्नी की ओर देख लेते। फिर अपने ही विचारों में डूब जाते। सर्दी में यहाँ लोग कैसे रहते होंगे? बर्फ तो खूब पड़ती होगी यहाँ भी। तब मसूरी कैसा लगता होगा ? फीका-फीका ! खाली-खाली ! ठण्डा और चुप-चुप ! गतिहीन ! उनके मानस-पटल

पर मसूरी का ऐसा ही जड़ प्रतिबिम्ब उभर आया।

सूरज डूब गया था। सर्दी भी बढ़ गयी थी। उन्होंने पत्नी का हाथ पकड़ा और चलने के लिए कहा। उठते हुए दोनों को लगा वे वर्षों से यहाँ इसी तरह बैठे हैं। अब उठना ही चाहिए। कुछ ऐसे ही भाव से वे दोनों उठकर होटल 'स्नो व्यू' की ओर बढ़ चले।

रात में मसूरी की सड़कें रौनक से भर जाती हैं। रंग-बिरंगी पोशाकों में शहर के और बाहर से आये सैलानी जब बाजार में निकलते हैं तो सारी सर्दी पहाड़ों पर बैठी रह जाती है। गली-सड़कों पर गर्मी की रंगीली झिलमिलाती नजर आती है। वैसी ही सजी-सँवरी छोटी-छोटी आकर्षक दूकानें !

एक चक्कर बाजार का लगाने का मन हुआ, पर थकान ज्यादा थी, सो पति-पत्नी दोनों ने खाना खाकर कमरे में ही आराम करने का निश्चय किया।

कमरे में दोनों पास-पास थे। और भी निकट आ गये। एक बार को मिसेज कुमार के मन में फिर बच्चों का ख्याल आ गया। लेकिन ऐसी याद से क्या होता है ! अपना निजी क्षण क्यों बोझिल कर दें ! उन्होंने पति के हाथ को अपने हाथ में ले लिया। बातें-बातें, ढेर-सारी बातें। जाने कितनी-कितनी बातें करने का मन था मिसेज कुमार का। इस एकान्त को भरपूर जीने के उत्साह से वे अपनी उम्र के जाने कितने साल पीछे लौटती चली गयीं। पिछले कई वर्षों का सफर इन चन्द घण्टों के भीतर से गुजर रहा था। अपने भीतर दोनों ने जैसे कोई माइक्रोफिल्म बना रखी हो, जिसे इस एकान्त के प्रोजेक्टर से दोनों मिल कर देख रहे थे। सुख-दुख के रंग-बिरंगे अनेक चित्र बन-मिट रहे थे। एक नया सूर्योदय उनके बीच हो रहा था जिसके रक्तिम आलोक में दोनों के चेहरों का आकर्षण बढ़ गया था। वे कभी इस आलोक की चमक को झेल न पाने से पलकें मूँद कर लेटी इसी दृश्य में विलीन हो जाना चाहती थीं। कभी देखतीं पति के चेहरे की मोहक आभा को, और चुपचाप उसे अपनी आँखों में बन्द कर अन्दर ही अनुभूत करने लगतीं। उन्हें रह-रहकर लगता जाने कितने वर्षों बाद वे इतने पास आई हैं। दोनों के भीतर आत्मा तप रही है। उस ताप को तापते हुए दोनों निःशब्द पड़े थे।

मिसेज कुमार ने पति की उँगली की छुअन से अपनी पलकें खोलीं। उनका ध्यान पति के चेहरे से हट कर सामने की दीवार पर लगे पोस्टर पर केन्द्रित हो गया। उस बड़े-से पोस्टर में स्कीइंग करती एक लड़की थी और था आगे-आगे दौड़ता उसका हमउम्र लड़का। बर्फ पर भागते दोनों बहुत अच्छे लग रहे थे। पोस्टर में फैली नीलाभ श्वेत बर्फ को देखकर मिसेज कुमार को सर्दी महसूस होने लगी। वे पति के और भी निकट खिसक आयीं। यद्यपि दोनों लोग कम्बल में थे, पर यह बर्फ... उफ्... ! धीरे-धीरे उन्हें लगा कि पोस्टर वाले लड़की-लड़के पोस्टर से बाहर निकल कर, खिड़की के रास्ते बाहर भाग रहे हैं और अपने कपड़े, स्की, स्नो गॉगल्स, फेदर जैकेट, स्टिक्स, कैप, ग्लब्स... यहीं छोड़ गये हैं। अब ये सब चीजें उन्होंने ले ली हैं। नये जोश के साथ डॉ॰ कुमार इन सबको पहन कर बड़ी तेजी से बर्फ पर आगे-आगे भागे चले जा रहे हैं...। उनमें भी एक नया जोश भर गया। वे भी पीछे-पीछे दौड़ ही रही हैं... तेज... तेज... तेज... ! थोड़ी ही देर में उन्हें थकन महसूस होने लगी। उनकी साँसें तेज चल रही थीं। पसीना आने लगा था। फिर भी वे दौड़ रही थीं। भरपूर ताकत से। दौड़ते-दौड़ते उन्हें लगा शायद वे पति को नहीं छू सकेंगी। फिर भी दौड़ जारी थी।... निढाल होकर वे गिरने-गिरने को हुईं। शायद चक्कर ही आ जाये कि पति ने उन्हें थाम लिया। अचेत-सी, पसीने में लथपथ मिसेज कुमार पति के सीने पर सर रखकर आँखें बन्द किये चुपचाप पड़ी थीं। पोस्टर वाले लड़की-लड़के फिर से अपने-अपने कपड़े पहनकर पोस्टर में चले गये थे। डॉ॰ कुमार पत्नी के केशों में उँगलियाँ डाल कर धीरे-धीरे उन्हें सहला रहे थे... और वे निश्चेष्ट पड़ी थीं। रात का एक बजा था। धीरे-धीरे कमरे में सर्दी घुसने लगी थी। चुपचाप... जैसे कमरे के बाहर टिन की छत पर वह ओस बना रही हो... या सुदूर पहाड़ की श्रृंखलाओं पर बर्फ की शक्ल में बेआवाज गिर रही हो। उन्हें नींद भी कुछ ऐसे ही चुपचाप... जाने कब आ गयी।

मसूरी का सूर्योदय !

शान्त-सौम्य अलसायी पड़ी मसूरी के माथे पर स्वर्णिम लाली बिखेरता सूरज, जब हल्के कोहरे की चादर से झाँकने लगा तो... दूर बिखरी बर्फ की हल्की

परत बहाना बनाये बच्चों की तरह पहाड़ के कन्धे पर चिपकी सोयी रही। नीचे दून वेली कम्बल की तरह सिमटी पड़ी थी।

बहुत-से लोग सैर के लिए निकल पड़े थे। डॉ. कुमार भी पत्नी के साथ सुबह जल्दी उठ कर घूमने के आदी हैं। दोनों जल्दी जाग तो गये थे, पर सोच रहे थे कि यहाँ की सर्दी बर्दाश्त कर पायेंगे या नहीं। इसीलिए अभी तक घूमने के लिए नहीं निकले। सात बजने को थे। उन्होंने बायीं ओर की खिड़की का परदा खिसकाया और धुँधले काँच के पार देखने लगे। धुँधले शीशे से क्या दिखाई देता, सो मिसेज कुमार ने खिड़की खोल दी। ठण्डी हवा तेजी से भीतर घुसी और कमरे में ताजगी भर गयी। उनके शरीर में ठण्ड की एक लहर दौड़ गयी, फिर भी उन्होंने खिड़की बन्द नहीं की। दोनों कुछ देर तक खिड़की के पास बैठे रहे।

देर बाद जब सूरज की चमक कुछ बढ़ी, वे लोग घूमने निकल पड़े। ठण्ड अभी भी थी। दोनों एक-दूसरे को बच्चों की तरह निर्देश देते... मफलर ठीक करने का या शाल ठीक से लपेटने का। मिसेज कुमार कभी पति का कोट अपने हाथ से ठीक करने लगतीं, कभी डॉ. कुमार पत्नी के कन्धे पर ठीक से शाल डाल देते। इतनी ठण्ड में भी लोग यहाँ रहते हैं ! उन्हें फिर आश्चर्य हुआ। दिसम्बर-जनवरी में तो यहाँ बर्फ गिरती होगी। तब ये लोग क्या करते होंगे ! किसी ने बताया ज्यादा सर्दियों में अधिकांश लोग नीचे चले जाते हैं।

दस बजते-बजते वे लोग फिर गाँधी चौक पर आ गये थे। पास ही लाइब्रेरी थी। वे लाइब्रेरी में आ गये। सफेद बालों वाला बूढ़ा लाइब्रेरियन सर्दी के बावजूद अपनी कुर्सी पर आकर बैठ गया था। उसने अपनी कुर्सी खिड़की के पास लगाई हुई थी जिसमें से धूप आ रही थी। वह अकेला बैठा अखबार पढ़ रहा था। उसे खुशी हुई कि इतने दिनों बाद बाहर से कोई लाइब्रेरी में आया है। चश्मे के शीशे के पीछे से झाँकती आँखों से देखते हुए उसने उन दोनों को सामने की कुर्सियों पर बैठने का संकेत किया और अंग्रेजी अखबार उनके सामने रख दिये। पढ़ने वाले चश्मे को उतारकर अब उसने दूसरा चश्मा लगा लिया था। वह उनकी ओर मुखातिब हुआ—"आप लोग कहाँ से आये हैं ?"... संक्षिप्त बातचीत के बाद उसने मसूरी का इतिहास, लाइब्रेरी के विषय में अंग्रेजों के

व्यवहार का किस्सा कि कैसे उसके बाहर लिखा था—"डॉग्स एण्ड इण्डियन्स आर नॉट एलाउड !" पं. नेहरू और कमला नेहरू के यहाँ प्रवास के दिनों के किस्से सुनाये। डॉ. कुमार को कोई रुचि नहीं थी, जबकि मिसेज कुमार बड़ी रुचि से सब कुछ सुन रही थीं। फिर वे अलमारियाँ खुलवा-खुलवा कर पुस्तकें उलटने-पलटने लगीं। डॉ. कुमार झुँझला रहे थे। वे पत्नी की इस आदत से परिचित हैं। इसीलिए चलते समय सबसे पहले उन्होंने कहा थ्रा, कोई किताब साथ नहीं ले जानी !... अचानक झुँझलाये हुए पति की ओर उन्होंने देखा, वे सम्हल गयीं। लाइब्रेरियन को धन्यवाद देकर पति से क्षमा माँगती हुई सीढ़ियाँ उतरकर लाइब्रेरी से बाहर निकल आयीं। डॉ. कुमार का गुस्सा अभी कम नहीं हुआ था, इसलिए वे खामोशी के साथ चल रहे थे। गाँधी-द्वार के थोड़ा ऊपर से जुलूस की शक्ल में कुछ नौजवान आ रहे थे—"उत्तराखण्ड लेकर रहेंगे" "उत्तराखण्ड जिन्दाबाद"—के नारे लगाते हुए। उनके हाथों में बैनर थे। संख्या उनकी कम थी, लेकिन वे जोरों से चीख रहे थे। एक जगह एकत्र होकर, वे एक वक्ता को सुनने लगे। खादी का कुर्ता-पायजामा, ऊनी शाल... बढ़ी हुई दाढ़ी। कमजोर से दिखनेवाले वक्ता ने धारा-प्रवाह भाषण देना शुरू कर दिया था... साथियो ! उत्तर प्रदेश के उत्तरांचल की पर्वतीय जनता प्रारम्भ से ही राष्ट्रीय एकता व अखण्डता के लिए समर्पित रह कर, राष्ट्रगौरव के रक्षार्थ किये गए प्रत्येक आन्दोलन में सहभागी रही है। ज्ञान, भक्ति और कर्म के क्षेत्र में ही नहीं, त्याग-तप और सुरक्षा की दृष्टि से ये उत्तरांचल की अगणित विभूतियों ने जिस श्रेष्ठ परम्परा का निर्माण किया है, उसी का अनुसरण करते हुए यहाँ के हजारों जवान आज भी सजग प्रहरी के रूप में देश की सीमाओं पर सीना ताने खड़े हैं।... किन्तु खेद है, राष्ट्र को ये सीमा-प्रहरी सौंपने वाली पावन धरती भ्रष्ट अधिकारियों और अर्थ लोलुप ठेकेदारों की साजिश का शिकार हो रही है।... हमारे पास जमीन तो है, पर सिंचाई की सुविधा नहीं हैं घर तो है पर मरम्मत तक के लिए पत्थर, लकड़ी, बजरी प्राप्त करने की अनुमति नहीं... हमें पृथक् उत्तराखण्ड राज्य चाहिए... इसके लिए हमें अपना आन्दोलन छेड़ना होगा। अपने लोगों में चेतना जगानी होगी।... हम राष्ट्र की एकता और अखण्डता के लिए वचनबद्ध हैं और संविधान के भीतर ही पृथक् राज्य की माँग कर रहे

हैं।... जब हिमाचल-प्रदेश, मेघालय, अरुणाचल... पृथक् राज्य बन सकते हैं तो उत्तराखण्ड क्यों नहीं ? हमारी आबादी पचास लाख के आसपास है। इन आठ पर्वतीय जिलों का कुल क्षेत्रफल भी कम नहीं है। भाइयो, इक्यावन हजार एक सौ पच्चीस वर्ग किलोमीटर का यह क्षेत्र अब जाग उठा है...

भाषण चल रहा था। डॉ. कुमार ध्यान से सुन रहे थे। विचारमग्न होकर वहाँ खड़े थे। अब मिसेज कुमार झुँझला रही थीं। वे पति की इस आदत से परिचित हैं कि जहाँ कोई राजनीतिक मसला होता है, वे बड़े मगन हो जाते हैं। कई बार कहती भी हैं कि आप तो राजनीति में चले जाइए, वहीं ठीक रहेंगे। जब बहुत देर हो चली, तो उन्होंने पति का ध्यान भाषण से हटाया।... ओह, सॉरी ! कहकर पति-पत्नी आगे बढ़ गये।

गिफ्ट हाउस खुल चुके थे। मिसेज कुमार की इच्छा हुई कि बच्चों के लिए कुछ खरीद लिया जाय। वे पति को लेकर एक गिफ्ट हाउस में चली गयीं। शुभा के लिए, शुभा के बच्चों के लिए छोटी-मोटी चीजें, देवेन के लिए, देवेन की पत्नी के लिए, छोटी बेटी के लिए... वे सब के लिए चीजें सोचती रहीं। उलटती-पलटती रहीं। पति पत्नी को सिर्फ देख रहे थे। उन्हें न झुँझलाहट हुई, न प्रसन्नता। तटस्थ भाव से देखते हुए वे सोच रहे थे कि स्त्री के सुख का यह भी एक पक्ष है। देने में कितना सुख पाती है !... पत्नी ने विचारमग्न पति को छुआ...''आपके लिए क्या लिया जाय ?... सोच नहीं पा रही !'' फिर अपने आप ही एक खूबसूरत-सी चिकनी छड़ी हाथ में लेकर बोलीं—''कैसी है ?''

''अच्छी है,'' वे मुस्कराये। सब सामान पैक कराने के बाद वे दोनों होटल में लौट आये।

दिन भर घूमे थे, सो थकान थी। सो रहे। कुछ आराम हो गया। शाम की चाय लेकर खिड़की के पास आ बैठे। बातों के बीच में प्रसंग आज की उस रैली का छिड़ गया। बातों में से बातें निकलती चली गयीं। वे लोग बहुत पीछे अपने कॉलेज के दिनों तक लौट गये। हड़तालें, रैलियाँ... चुनाव...। मिसेज कुमार को देर तक इन बातों में उलझे रहना बड़ा बोझिल लग रहा था और पति थे कि रुक नहीं रहे थे। रात होने पर भी ये बातें नहीं रुकीं। 'क्या हम लोग इसीलिए यहाँ आये थे ?' वे सोचती और झुंझलाती रहीं। बिना कुछ खाये, मिसेज कुमार

को नींद आ गई। जब डॉ॰ कुमार की बातें रुकीं, उन्होंने पत्नी की ओर देखा, तब तक पत्नी गहरी नींद में जा चुकी थीं। उन्हें लगा, उनका यह व्यवहार उचित नहीं है। बड़ा गलत घट गया है। लेकिन पत्नी मुझे रोक-टोक तो सकती थी। वे पत्नी की आदत जानते हैं। वह कभी ऐसा नहीं करतीं। उसकी इस आदत पर कभी उन्हें आश्चर्य होता है, कभी अच्छा लगता है और कभी खीझ होती है। कई बार तो वे चाहते हैं कि पत्नी नाराज हो। वह कुछ कहे ! वे उसे मनायें पर वह है—चुप रहेगी, भीतर-भीतर झुँझलायेगी, खीझेगी... पूछे जाने पर एकदम बाहर से फीका-सा हँस देगी।

सुबह पत्नी जल्दी जाग गयी थीं। वे अभी सोये हुए थे। पत्नी ने उठते ही सामान पैक करना शुरू कर दिया था। जब तक डॉ॰ कुमार जागे, पत्नी घर लौटने के लिए तैयार थीं। उन्होंने कहना चाहा, "इतनी जल्दी ?'...अभी तो कुछ दिन और रुकना था !" पर वे इतना भी न कह सके। जल्दी-जल्दी फ्रेश होकर वे भी तैयार हो गये।

सीढ़ियाँ उतरे। काउंटर पर मैनेजर मुस्कराता हुआ बैठा था। उन्हें लगा यह आदमी ऐसे ही बैठा रहता है। अपनी कुर्सी की तरह, या दीवार घड़ी की तरह। या होटल के बाकी सामान की तरह, जहाँ का तहाँ !

"सर ! आप लोग लौट रहे हैं ?" मैनेजर ने हैरानी से पूछा, तो उनका सोचना टूटा।

"हाँ !"

"क्यों ? अच्छा नहीं लगा सर ?...आप लोग तो कुछ दिन और रुकने वाले थे न !"

"हाँ, पर अब नहीं। जरूरी काम याद आ गये !" उन्होंने मुस्कराकर जवाव दिया।

दोनों लोग होटल से बाहर आ गये। नीचे उतरकर वे अब टैक्सी स्टैण्ड की ओर जा रहे थे। कुली सामान लेकर आगे-आगे था। डॉ॰ कुमार लम्बी यात्रा की थकान की कल्पना करते हुए अभी से थके पाँव चल रहे थे और वे घर की चिन्ता में घिरी हुई जल्दी-जल्दी कदम बढ़ा रही थीं।

भरतू

एकदम ब्रेक लगने से बस अचानक रुकी थी। मेरा ध्यान हरियाली से ढके पहाड़ों के ऊपर उठते बादलों से टूट कर बस में लौट आया। सड़क के किनारे कोई छोटा-सा गाँव था। कंडक्टर ने दरवाजा खोला और दो सवारियाँ भीतर आ गईं। काली गंदी-सी टुपली, जर्जर कोट और गर्म पैजामा पहने, कंधे पर झोला डाले एक आदमी था। उसके साथ नीली कमीज और खाकी पेंट पहने उसका लड़का था। दोनों बस में आकर खड़े हो गए। ज्यादा सवारियाँ नहीं थीं। ड्राइवर ने गीयर बदला। बस धीरे-धीरे आगे बढ़ चली। इधर-उधर देखने के बाद वे दोनों मेरी ही सीट पर आ बैठे। मैं खिड़की की ओर सरक गया। इन दोनों से मुक्त हो मेरा मन फिर पहाड़ों पर चढ़ता हुआ धुएँ से बनने वाले घने बादलों में चला गया। बस कभी चढ़ाई चढ़ती, कभी उतरती चली जा रही थी। जब बस नीचे उतरती तो सम्हलना पड़ता, मुड़ती तो सवारियाँ भी आगे-पीछे सरकने लगतीं। पहाड़ में बस-यात्रा की यही कठिनाई है। तिस पर बीड़ी-सिगरेट पीने वाले धुआँ फेंक कर जी घुटा देते हैं। ऊपर जाती बस की तेज आवाज और ऊँचाई पर हवा के दबाव का संतुलन बिगड़ जाने से सिर भारी और कान गुम हो जाते हैं। इसी बेचैनी को टालने के लिए मैं कभी अपनी आँखें बन्द कर लेता। कभी बाहर आसमान में देखने लगता। तभी उस आदमी ने बीड़ी सुलगा ली। धुएँ का एक भभका उठा और मेरे चारों ओर फैल गया। तम्बाकू की गंध से मेरा जी मिचला गया। मैंने आँखों में क्रोध और परेशानी के भाव लाकर उस आदमी की ओर देखा। वह बेफिक्री से बीड़ी का कश खींच रहा था।

"बाबा... धुआँ... ज़रा...", मैंने अपने क्रोध को दबाते हुए धीरे से कहना

चाहा।

"जी बाबू सा' ब..."। वह सहसा ऐसे चौंका जैसे अब तक उसे इस बात का कोई अहसास न हो कि उसके बीड़ी पीने से मुझे तकलीफ थी। उसने बीड़ी को सामने की सीट के पीछे रगड़कर नीचे गिरा दिया।

"नहीं-नहीं, मेरा मतलब यह नहीं था कि आप बीड़ी न पियें। मैं तो कह रहा था कि मुझे धुएँ से परेशानी हो जाती है। आप धुआँ खिड़की के बाहर..."।

"ना बाबू साब ! बीड़ी का क्या है, बस रुकेगी तब नीचे उतर कर पी लूँगा।" अब पीछे की सीट पर बैठे युवक ने सिगरेट जला ली थी। खिड़की के पास होते हुए भी उसने धुआँ आगे की ओर फेंकना शुरू कर दिया था। मैं उसकी यह उद्दंडता जान रहा था फिर भी मैंने गरदन पीछे की ओर मोड़ कर उसकी ओर घूरा। वह शायद यही चाहता था। लेकिन वह यों ही बेफिक्री से सिगरेट पीता रहा।

"छोड़िए बाबू साब, छोकरों के कौन मुँह लगे !" कहकर उस आदमी ने अपने पीले दाँत चमका दिए, "आप कहाँ तक जा रहे हैं ?" उसने मुझसे पूछा।

"दिल्ली।"

"मैं देहरादून जा रहा हूँ। फिर वहाँ से ऊपर मसूरी जाऊँगा।"

मेरे बिना पूछे ही उसने अपना गंतव्य बता दिया। मुझे उससे बातचीत करने में कोई रुचि नहीं थी। फिर भी वह बात करना चाहता था।

"अच्छा !" मैंने प्रकट में कहा।

"बाबूजी आप किस महकमे में हैं ?"

"यूनिवर्सिटी में।"

"अच्छा आप प्रोफेसर हैं ! मेरा लड़का आपकी यूनिवर्सिटी में पढ़ा था। आप शायद जानते हों। उसका नाम केशर सिंग है।" उस आदमी ने मुझसे जुड़ने के विचार से यह बात ऐसे जोड़ी जैसे उसे विश्वास हो कि मैं केशरसिंह को जानता होऊँगा। और सचमुच उसका विश्वास ठीक निकला। केशरसिंह बी. ए. में मेरा विद्यार्थी रहा था। चार-पाँच साल पहले की बात है। पढ़ने में अच्छा था। डिबेट

वगैरह में हिस्सा लेता था। मुझे याद आ गया। मैंने 'हँ' कहा, तो उसकी आँखों में एक चमक दौड़ गई।

"वह कहाँ है आजकल ?" मैंने पूछ लिया।

"जी दिल्ली में है।... पर साहब बन गया है। अब घर भी नहीं आता। उसने तो जैसे हमसे वास्ता ही तोड़ लिया है।... एक बार मैं ही गया था वहाँ। जनकपुरी में रहता हैं उसको मेरा वहाँ रहना पसन्द नहीं आया साब ! फिर मैं दुबारा नहीं गया। अब वह भी नहीं आता !... ठीक है साब ! वह आराम से रहे ... मैं कभी सोचा करता था... । कह कर सहसा वह रुक गया। उसकी आँखों से उभरी चमक अचानक बुझ गई। मैं उसकी पीड़ा को भाँप गया। उसका दुःख और भी खुलता, इसलिए चुप ही रहा। उसकी बगल में ऊँघता-सा तेरह-चौदह साल का लड़का बैठा था। भोला-भाला चेहरा। लाल होठ। बेतरतीब बिखरे बाल। एक बासीपन-सा जैसे उसको पूरी तरह आबद्ध किए हो। हमारी बातचीत से तटस्थ। अपने ही भीतर दुबका हुआ वह अनाकर्षक होते हुए भी मेरे आकर्षण का केन्द्र हो गया। मैंने पूछा, "यह केशर का भाई है क्या ?"

"जी साब ! उससे छोटा है।"

"पढ़ता है ?"

"जी हाँ, हाईस्कूल पास किया है।" फिर कुछ रुककर वह बोला, "साब, आप एक मदद कर दें तो बड़ी कृपा होगी।"

"क्या ?"

"इसे अपने यहाँ कहीं लगा दीजिए। चपरासी हो जाए तो भी ठीक रहेगा..."

"क्यों ? इसे आप आगे क्यों नहीं पढ़ाते ?" मैंने बीच में ही पूछा।

"अरे साब, पढ़-लिखकर यह भी केशर की तरह कहीं चला जाएगा और मैं भी कितने दिन गाड़ी खींचूँगा।"

"आपको ऐसा नहीं सोचना चाहिए। क्या आपको बच्चों के भविष्य का नहीं सोचना ? केशर अगर पढ़-लिखकर अच्छी नौकरी पर है तो इसमें क्या बुराई है।" मैंने उसे समझाना चाहा।

"छोड़िए बाबूजी, आप भी ऐसी ही बात बोलेंगे। मैं जानता हूँ।" कहकर

उसने फिर बीड़ी सुलगा ली और दूसरी ओर देखने लगा। मैंने सोचा यह आदमी बुरा मान गया या मुझे गलत समझा है। इसलिए मैं फिर उससे जुड़ने का उपक्रम करने लगा। उसके लड़के की ओर देखकर मैंने पूछा, "इसका क्या नाम है ?"

"भरतू।"

"अच्छा आप एक बात बताइए, इसे इस छोटी उम्र में ही नौकरी पर क्यों लगाना चाहते हैं ?" मैंने आत्मीयता के साथ पूछा, ताकि ठीक से समझा सकूँ।

"बात ये है बाबूजी, मैं मसूरी में रिक्शा खींचता हूँ। आपने देखे होंगे वे हाथ के रिक्शे। सैलानी आते हैं, मालरोड पर उन्हें रिक्शे में घुमाता हूँ। अपना तो यही पुश्तैनी काम है..." वह बोला।

"सीजन तो तीन-चार महीने ही रहता है, फिर ?" मैंने पूछा।

"फिर हम अपने गाँव आ जाते हैं। गाँव में थोड़े-बहुत खेत हैं। कुछ मजूरी का काम मिल जाता है। जैसे-तैसे काम चल ही जाता है..." मैं चाहता हूँ इस लड़के को तो रिक्शे से छुटकारा मिल जाए। मेरी तरह यह भी रिक्शा न खींचे। हाईस्कूल पास हो गया है, अभी से कुछ करेगा तो ठीक रहेगा। बड़ा तो दिल्ली जाकर दिल्ली का ही हो गया। उसने पढ़-लिखकर नौकरी पा ली। यह तो ठीक है, पर वह अपने घर को, गाँव को भूल जाए, यह तो अच्छी बात नहीं है। यही दो लड़के हैं मेरे। इसे पास में ही कहीं नौकरी मिल जाए तो गाँव-घर की देख-रेख तो कर लेगा। मैं भी रिक्शा खींचते-खींचते थक गया हूँ। इसके सहारे रह लूँगा। मेरे कंधे हल्के हो जायेंगे।... बाबूजी हाथ जोड़कर विनती है आपसे, कहीं भी किसी भी काम पर इसे रखवा दें बड़ी मेहरबानी होगी।" कह कर उसने दोनों हाथ जोड़ कर माथे से लगा लिए। तब तक बस ऋषिकेश आ गई थी। यहाँ से मुझे दिल्ली के लिए और उन दोनों को देहरादून के लिए दूसरी बस लेनी थी।

"अच्छा तो कभी मिलना आकर !" मैंने कहा। उसने मेरा नाम-पता लड़के को लिखा दिया और कृतज्ञ भाव से मेरी ओर देखता हुआ अपनी बस में जाकर बैठ गया।

यह भरतू से मेरी पहली भेंट थी।

इसके बाद भरतू अपने पिता के साथ दो-चार बार मेरे पास आया। मैंने उसे अपने परिचित शर्माजी से कहकर उनके यहाँ लगवा दिया। वे पी. डब्ल्यू. डी. में इंजीनियर थे। शर्माजी ने भरतू को मस्टररोल पर रखा, लेकिन काम वह उनके घर पर ही करता था।

कभी-कभार मेरा शर्माजी के यहाँ आना-जाना हो जाता था। मेरे वहाँ जाने से जितनी प्रसन्नता शर्माजी और उनके परिवार को होती थी उससे कहीं ज्यादा भरतू को। वह बहुत कम बोलता। जब भी मैं उनके यहाँ जाता शर्माजी का परिवार भरतू के भोलेपन से जुड़ा कोई न कोई किस्सा जरूर सुनाता। एक दिन उन्होंने बताया कि आज सुबह इसे ब्रेड लेने भेजा, पट्ठा ब्लेड ले आया। सब लोग ठठा कर हँस दिए। भरतू एक कोने में नीची गरदन किए खड़ा रहा। शर्माजी की पत्नी ने कहा—अभी बेचारा सीधा है। वैसे शुरू में ये सब सीधे ही होते हैं। बाद में जाकर बड़े तेज हो जाते हैं। धीरे-धीरे इनकी आदतें तक खराब हो जाती हैं। चोरी भी करने लगते हैं। मुझे कुछ अटपटा-सा लगा। पता नहीं भरतू को कैसा लगा होगा। बातों में यह भी पता चला कि उसका बाप हर महीने उससे मिलने आता रहता है। भरतू अक्सर टीवी देखता मिलता। कभी बड़े-बड़े झोले उठाए बाजार से सामान लाता हुआ दिखता। कभी मुझे बुलाने आ जाता, सा'ब जी ने आपको याद किया है। कभी एकदम साफ कपड़े पहने अतिरिक्त उत्साह में शर्माजी के परिवार के साथ किसी पिक्चर हॉल के सामने खड़ा दिखाई दे जाता। कुल मिलाकर वह शहरी जिन्दगी के तमाम आकर्षणों में बँधकर एक दूसरी दुनिया का प्राणी बनता जा रहा था। कई बार शर्माजी के बच्चे उसे छेड़ते... भरतू भाईसाहब को गाना सुना दे और भरतू शरमाता हुआ कोई फिल्मी गीत सुनाने लगता। नहीं ये वाला नहीं। वह पहाड़ी गीत सुना। और भरतू ऊँची लय में गाने लगता... "ऊँचे-ऊँचे डांड्यौ मां ... हो ऽ ऽ"

दिन ऐसे गुजरते जा रहे थे। भरतू काम करता रहा। वह खुश था या नहीं उसके चेहरे से कभी यह रहस्य प्रकट नहीं हुआ। अचानक एक दिन एक घटना हो गई।

"भाईसाहब... भाईसाहब..."

मैं लाइट ऑफ करके बिस्तर पर लेटा ही था कि अपने दरवाजे पर शर्माजी

के लड़के महेश की आवाज सुनाई दी। वह हाँफता हुआ बोला, "जल्दी मेरे साथ थाने चलो !"

"क्यों, क्या हुआ ? तू हाँफ क्यों रहा है ?"

मैं यकायक समझा नहीं आखिर उसे हुआ क्या है।

"आप चलिए, मैं आपको रास्ते में सब बताऊँगा..."

उसने बताया कि "पापा-मम्मी सब लोग बाहर गए हैं। मैं घर पर अकेला हूँ। भरतू चोरी करके भाग गया है। मैंने उसे रास्ते में पकड़ लिया। मेरे हाथ में लोहे की सरिया थी। उसके पैर में मारी, वह गिर गया। आसपास के लोग इकट्ठे हो गए। उन्होंने मुझे घेर लिया। जैसे-तैसे भाग कर आया हूँ।"

वह एक साँस में ही यह सब कह गया।

"लेकिन तुम कैसे कह सकते हो कि चोरी उसी ने की है ?"

"मैंने उसे खुद अपनी आँखों से देखा है।"

"तुम कहाँ थे ?"

"मैं पढ़ने के लिए उपन्यास किराए पर लाया था। उसे लौटाने पनवाड़ी की दूकान तक गया था। घर में भरतू अकेला था। मैं जैसे ही लौटा, वह सेफ खोलकर पैसे निकाल रहा था। मुझे देखते ही सेफ खुली छोड़कर पिछले दरवाजे से भाग गया। मैं पीछे-पीछे दौड़ा और रास्ते में उसे पकड़ लिया।"

"वह है कहाँ ? उसे ज्यादा चोट तो नहीं लगी ?"

"वह शायद अपने मामा के साथ थाने गया होगा। चोट-वोट का तो पता नहीं कितनी लगी है।"

"पैसे कितने थे ?"

"दो हजार के करीब थे।"

हम दोनों पुलिस स्टेशन पहुँच गए। खुले में ही बरगद के पेड़ के नीचे जमीन पर आठ-दस लोग बैठे थे। भरतू बीच में बैठा था। वे लोग हमसे पहले रिपोर्ट लिखाने पहुँच गए थे। कुछ लोग मेरे परिचित थे। नमस्कार-प्रणाम के बाद सब-इंस्पेक्टर ने मुझसे हाथ मिलाया और सामने पड़ी खाली कुर्सी पर बैठाया। पूछा कैसे आना हुआ। "यही केस है।" मैंने संक्षिप्त-सा उत्तर दिया।

"क्या बात थी ?" सब-इंस्पेक्टर ने महेश से पूछा।

महेश ने सारी बात विस्तार से बताई। उन लोगों में से किसी ने बीच में हस्तक्षेप किया तो सब-इंसपेक्टर ने डपट दिया, "हम सुन रहे हैं। जब आप से पूछा जाय तब बोलें, समझे।"

"ठीक है सा'ब !"

जब महेश कह चुका तो सब-इंस्पेक्टर ने उसे कागज-पैन देते हुए कहा कि वह अपनी पूरी बात लिख कर दे दे। महेश ने वैसा ही किया। उन लोगों ने भी रिपोर्ट लिखा दी। इसी बीच उन लोगों में से मेरे परिचितों ने कहा, "मानो गुरुजी इसने चोरी भी की थी, इन्हें क्या हक था इसे इतनी बुरी तरह पीटने का। आप हमसे कहते, आपसे कहते या पकड़कर थाने ले आते।..." उन लोगों में इसी बात को लेकर आक्रोश था।

"भाई साहब सुनो !" महेश ने उत्तर दिया। "जिसे हम बच्चे की तरह रखते हैं, खाना-कपड़ा देते हैं... उसे इतना प्यार करते हैं, वह ऐसी गलती करेगा तो हमें गुस्सा आयेगा कि नहीं ? मानो आप का बच्चा चोरी करने लगे आप उसे पीटेंगे या नहीं ?"

"ऐ सुनो ! ये बहस थाने में नहीं। मैं इस लड़के से अभी सब कुछ पूछता हूँ। महावीर !" सब-इंस्पेक्टर ने सिपाही को आवाज दी।

दो सिपाही आ खड़े हुए। उन्होंने भरतू को सब-इंस्पेक्टर की कुर्सी के सामने लाकर खड़ा कर दिया। तब सब-इंस्पेक्टर ने उससे पूछा, "देख बेटे अगर तू सच-सच बता देगा तो हम तुझे छोड़ देंगे और सच-सच नहीं बताया तो पिटाई अलग होगी और हवालात में बन्द कर देंगे। समझा ! बता तूने रुपये चुराये थे ?"

भरतू ने न में अपनी गरदन हिलाई।

मैंने भरतू के दयनीय चेहरे की ओर देखा। उसकी आँखों से अब भी आँसू बह रहे थे। वह ठीक से खड़ा भी नहीं हो पा रहा था। मैं उसके चेहरे के भाव पढ़ने की कोशिश करने लगा। पर उसका चेहरा वैसा ही सपाट था। बस एक भय का भाव पुता हुआ था। उसके आँसू कहीं-कहीं उस भाव को गाढ़ा बना रहे थे। वह नीचे जमीन पर कुछ देख रहा था।

"उधर क्या देख रहा है ? इधर देख..." डपटकर सब-इंस्पेक्टर ने उससे

कहा और एक चाँटा जोर से मारा "चटाक्... बता कहाँ हैं पैसे ?"

"......................................."

"यह ऐसे नहीं बतायेगा, महावीर ! मेरा बेंत लाना..."

सिपाही जाकर बेंत ले आया।

हवा में बेंत लहराकर सब-इंस्पेक्टर ने भरतू को फिर धमकाया, इसके साथ ही एक बेंत भी कस दिया। "बोल चुराए थे पैसे ?"

अब की बार भरतू ने 'हाँ' कहा।

अब सब उसके साथ आए लोगों की ओर देखने लगे। उन लोगों का आक्रोश अब तिरने लगा था। कुछ लोग यह कहकर चलने लगे, "ठीक है साब इसने चोरी की है तो इसे सजा मिलनी चाहिए।"

"अभी आप लोग रुकिए !" सब-इंस्पेक्टर ने जाते हुए लोगों को रोक कर भरतू से फिर पूछा, "बता तूने रुपये किसके पास दिए हैं ? इनमें से किसी को दिए हैं ?"

सुन कर लोग जहाँ के तहाँ रुक गए। सब को लगा कि अब कुछ और नया रहस्य खुलने वाला है।

"नहीं"

"तो कहाँ हैं रुपये, बता।"

"जी खेत में हैं।"

विजय भाव से सब-इंस्पेक्टर ने सबकी ओर देखा। दो सिपाहियों को भरतू के साथ भेज कर वह मेरे साथ महेश के घर की ओर चला। मुझे शक था कि पैसे मिलेंगे। मुझे अभी भी विश्वास नहीं हो पा रहा था कि भरतू ने चोरी की है या उसने पैसे खेत में छिपा दिए हैं।

शर्माजी के मकान के बाहर थोड़ी-सी खाली जगह है। उसमें उन्होंने किचिन गार्डन बना लिया है। भरतू उसी को खेत कह रहा था। भरतू खेत में एक-दो जगह जाकर बैठा और मिट्टी खोदने लगा। पर पैसे वहाँ न होने थे, सो न थे।

सब-इंस्पेक्टर ने महेश से कमरा खुलवाकर सेफ आदि का मुआयना किया। फिर सब लोग पुलिसस्टेशन लौट आए। मैंने भरतू को अलग कोने में

ले जाकर उसके कंधे पर हाथ रखकर आत्मीयता से पूछा, "भरतू, तू मुझे ठीक-ठीक बता दे। क्या तूने ऐसी गलती की है ? मैं तुझे छुड़ा दूँगा। यदि तूने रुपये लिए हों तो भी। बता ?"

"साब मैंने चोरी नहीं की..." यह उसका अब तक का सबसे लम्बा उत्तर था।

"देख ठीक-ठीक बता दे। यहाँ बहुत मार पड़ेगी।..."

"छोड़िए गुरुजी, यह कुछ नहीं बतायेगा। इसे आज रात भर के लिए बन्द किए देते हैं। सुबह देखा जाएगा। एक बज गया। कब तक इससे मगज-पच्ची करते रहें।"

मैंने भरतू को वहीं छोड़ दिया और महेश के साथ घर लौट आया। जब मैं लौटा तो भरतू निरीह भाव से मुझे देख रहा था, बस।

मैं रात भर सो नहीं सका। भरतू का आँसूओं से भरा चेहरा बार-बार मेरी आँखों में घूम जाता। निरपराध, पिटा हुआ, अपमानित और टूटा हुआ। यह भरतू से मेरा दूसरा परिचय था।

मैं सुबह उठकर सीधा थाने गया। सोच लिया था कि जाकर सब-इंस्पेक्टर से कहूँगा कि इसे छोड़ दें। देखा, भरतू को छोड़ दिया गया था। मेरे वहाँ पहुँचने से पहले ही। पर मेरा मन जैसे उसे छोड़ नहीं पाया। धीरे-धीरे बात खुली कि महेश ही कहीं पैसे रखकर भूल गया था। भरतू तो सेफ के पास वैसे ही खड़ा था। शर्माजी इतने रुपए उसके पास छोड़ भी नहीं गए थे। वह तो महेश ने मामले को बड़ा बनाने और अपने आप को बचाने के लिए झूठ कह दिया था। शर्माजी और उनके परिवार ने इस प्रसंग को हँसकर ऐसे ही समाप्त कर दिया। पर मेरे भीतर एक अपराधबोध बैठ गया।

फिर लम्बे समय तक भरतू का कहीं कुछ पता नहीं चला।

आज भरतू अचानक मुझे देहरादून में मिल गया।

"बाबूजी प्रणाम।" उसने ही मुझे पहचाना।

अरे यह तो भरतू है, मैंने देखा। एकदम बदला हुआ।

"नहीं पहचाना सा'ब ?" उसकी आँखों में एक चमक थी।

"तू भरतू... यहाँ" मेरे मुँह से इतना ही निकला।

"हाँ-हाँ साब ! मैं भरतू ही हूँ। चलो साब एक-एक चाह पीयें !"

मैं तो सोचता था कि भरतू को मुझसे घृणा होगी। वह उस घटना को कभी नहीं भूलेगा। पर भरतू जैसे सब कुछ भुला कर शुद्ध भाव से मेरे सामने था। हम दोनों पास के टी-स्टाल में जाकर बैठ गए। भरतू ने बताया कि अगले दिन थाने से छूट कर वह सीधा देहरादून आ गया था। कुछ दिन एक होटल में काम किया। फिर एक आदमी के साथ राजगीरी के काम से जुड़ गया। मकान बनाने वाले मजदूरों के साथ काम करने लगा। धीरे-धीरे लकड़ी का काम भी सीख लिया।

"अच्छा कमा लेते होगे !" मैंने पूछ लिया।

"गुजर हो रही है साब ! हाथ-पैर सही-सलामत रहें, सब ठीक हो जाता है।" उसकी बलिष्ठ भुजायें, चौड़े माथे पर गिरे लम्बे बाल, उगी हुई दाढ़ी, कलाई में बँधी घड़ी और कुर्सी पर लटका औजारों से भरा थैला उसकी बात की पुष्टि कर रहे थे। मैंने देखा भरतू में भारी परिवर्तन आ गया था। पाँच साल पहले वाला भरतू अब पूरा पुरुष बन गया था। सलीके से रहने लगा था। भोलेपन की जगह अब समझदारी ने ले ली थी। उसने यह भी बताया कि उसकी इच्छा तो पढ़ने की थी पर पिता ने उसे पढ़ाया नहीं। अब भी वह अखबार और पत्र-पत्रिकायें पढ़ता रहता है।

"शादी-वादी कर ली कि नहीं।"

"एक बच्चा है साब, आप आज मेरे घर चलिएगा..."

"न, फिर कभी !"

"तुम अपने गाँव भी जाते हो या नहीं ?"

"जी, साल में तीन-चार बार चला जाता हूँ !"

"पिताजी ठीक हैं ?"

"वे तो अब इस दुनिया में नहीं हैं। माँ है। वह मेरे ही पास रहती है।"

"अच्छा साब, बतायेंगे अब के इलेक्शन में कौन पार्टी जीतेगी ?" भरतू

ने जैसे मेरे प्रश्नों को सामान्य रूप से ही लिया हो, एक निश्चिन्तता के भाव से उसने अखबार खोलकर उसमें छपी चुनाव की खबर को बाँचते हुए मुझसे पूछा।

भरतू बात को यहाँ तक ले आएगा, मैं सोच भी नहीं सकता था। मैंने आश्चर्य के साथ उसकी ओर देखा और पूछा, "तुम बताओ भरतू, तुम्हारा क्या विचार है ?"

"अरे साब, हम क्या बतायें ! बिना पढ़े-लिखे आदमी हैं, आप विद्वान लोग हैं। आपको ज्यादा पता होगा। पर हमें तो इनमें से कोई ठीक नहीं लगता। हमें तो फिर भी हाथ-पैर घिसने पड़ेंगे।"

"तो फिर पूछ क्यों रहे हो !"

"वाह साब, क्या हम इस देश के नागरिक नहीं हैं ? भोट तो हम भी देंगे !" मुझे अपनी तटस्थता पर भरतू का यह कथन सीधी चोट करता हुआ लगा। मैंने मुस्कराहट से उस महीन चोट को ढाँप लिया। वह फिर बोला।

"साब, देख लेना यह सब ज्यादा नहीं चलेगा। सब दल्लाल हैं स्साले ! अब की बार मैंने अपने सब साथियों से कह दिया है ..."

"भरतसिंह !... तुझे कितनी बार कहा है मेरे होटल पर तू राजनीति मत किया कर... चल पैसे निकाल और चलता हो !" होटल-मालिक ने भरतू को बीच में ही रोक दिया। भरतू बड़बड़ाता हुआ उठा "ये मुच्छड़ कांगरेसी है साला, पिछले साल जनतापार्टी में था... चलो बाबूजी कहीं और बैठते हैं ।"

हम दोनों उठ कर बाहर आ गए।

"अच्छा चलता हूँ भरतसिंह। फिर कभी मिलूँगा।"

"हाँ, जरूर साब। मैं भी जरा काम पर हो आऊँ। फिर जरूर मिलिएगा साब !"

मैं उसे जाता हुआ देख रहा था। कंधे पर औजारों का थैला लटकाए भरतू मेरी आँखों से दूर जा रहा था। चौराहा पार कर वह भीड़ में विलीन हो गया। मैं रास्ते भर भरतू के बारे में सोचता रहा। उसका यह परिवर्ततन मुझे अच्छा लगा था। इच्छा हुई कि मैं उसे फिर मिलूँ। वह यह इच्छा मेरे भीतर छोड़ गया। अब देखें वह कब, कहाँ और किस रूप में मिलेगा !

नागफनी के जंगल से रास्ता

जब उसे साक्षात्कार के लिए पत्र मिला, तो प्रसन्नता की एक तरंग उसके भीतर से उठी और उसके चेहरे पर फैल गयी। इस तरह से प्रसन्नता की प्रतीति का सबसे बड़ा कारण था, उसकी यहाँ से जल्दी हो जाने वाली मुक्ति। हाँ, मुक्ति ही तो ! क्योंकि ऐसा नहीं था कि उसके पास कोई नौकरी न हो। नौकरी उसके पास है। सामान्य नहीं, औरों की दृष्टि में एक अच्छी नौकरी में वह है। विश्वविद्यालय में समाजशास्त्र विषय का रीडर-पद उसके पास है, और सामान्यतः उसे लोग 'प्रोफसर' कहते हैं। लेकिन वह इस जगह में रहकर खुश नहीं है। दस-बारह साल से वह इस छोटे-से शहर में रह रहा है, पर यहाँ उसका दम घुटता है। 'कहाँ आकर फँस गया !' वह अक्सर अनुभव करता है। शहर तो ठीक है, लेकिन यहाँ के लोग ठीक नहीं हैं। स्वार्थी, अलग-थलग और कटे हुए। न उनसे पढ़ने-लिखने की चर्चा हो पाती है, न दुःख-सुख में कोई मदद मिल पाती है। उसके विभाग से लेकर, दूसरे विभागों तक के साथी उसको हर तरह से तंग करते रहते हैं इस तरह के अमानवीय वातावरण में कभी-कभी तो वह इतना दुःखी हो जाता है कि रो पड़ने से बचने के लिए, वह अपनी सारी शक्ति सिर्फ अपनी आँखों पर लगा लेता है। फिर भी उसकी व्याकुलता और आवेगशीलता आँखों से फूट ही पड़ती है। अपने आपको 'विश्वविख्यात वैज्ञानिक' या अपने विषय के 'जाने माने विद्वान' कहलाने वाले तथाकथित बुद्धिजीवी जब क्षेत्रीयता, जातिवाद या वर्गों की ओछी बातें करते हैं, ग्रुपबाजी करते हैं, तो उसे उन पर कम, अपने आप पर ज्यादा शर्म आती है ! कैसे लोगों के बीच काम करना पड़ रहा है ! जिन्हें न अपने विषय में कोई रुचि है, न विषय का ज्ञान। दिन-भर

राजनीतिक उठा-पटक में लिप्त रह कर, झूठे-सच्चे बिल-वाउचर जमा करके हजारों-लाखों रुपये के रिसर्च प्रोजेक्ट खा रहे हैं। वाइसचांसलर, रजिस्ट्रार को डरा-धमकाकर या जातीयता-क्षेत्रीयता की गिरफ्त में लेकर अपने सारे काम साधने वाले ये प्रोफेसर, शिक्षाविद् या बुद्धिजीवी आखिर किसका भला कर रहे हैं ? इस देश का, समाज का, इस क्षेत्र का, विश्वविद्यालय का या आने वाली पीढ़ी का ? वह इतना टची है कि सोच-सोचकर दुखी रहता है। इस दमघोटू वातावरण में रहकर वह अपने आप को मिटा रहा है। उसे हर समय यही लगता है। वह या तो इन लोगों जैसा हो जाए या यह जगह छोड़ दे। या अपने में डूब कर छटपटाता रहे ? वह दूसरे रास्ते की ओर चल रहा था। इसीलिए साक्षात्कार के इस बुलावे पर उसे लगा था कि अब मुक्ति का पर्व बस आने ही वाला है। जिस क्षण उसे यह पत्र मिला, वह उसे लेकर छत पर जाकर बैठ गया। उसके हाथों में जैसे उसकी मुक्ति का कीमती क्षण बन्द हो। थरथराता हुआ, हृदय की तरह धड़कता हुआ एक जीवित, जीवन्त क्षण ! उसने प्रसन्न भाव से आकाश की ओर देखा। एकदम साफ। चमकदार। बादल तक का कोई टुकड़ा दिखाई नहीं दे रहा था। सूरज कुछ निस्तेज था, पर आकाश शान्त। कुछ पक्षी अपनी ऊँची उड़ान में तैर रहे थे। उसके पीछे से एक चिड़िया उड़ी और असीम आकाश में तीर की तरह तैर गई। उसे लगा मानो उसके भीतर से उसकी आत्मा ही निकलकर इस अंतरिक्ष में ऊँचाई खोजने निकल पड़ी है। वह देर तक बैठा इस दृश्य को कुछ इस भाव से देखता रहा, मानो अन्तिम बार देख रहा हो।

अगले दिन बड़े विश्वास के साथ उसने अपना सामान उठाया। आज ही चलना ठीक रहेगा, तब कहीं जाकर परसों तक पहुँचा जा सकता है, उसने हिसाब लगाया। जगह दूर थी, दो राज्यों को पार करके, तब कहीं आता था यह छोटा-सा खूबसूरत तीसरा राज्य। यह एक तीसरी ही दुनिया थी, जहाँ विश्वविद्यालय स्थित था। उसके दो मित्र पहले से ही वहाँ काम कर रहे थे। उनके पत्र अक्सर आते रहते थे, जिनमें वहाँ के खुले, प्रसन्न और अपनत्व भरे वातावरण की चर्चा रहती।

इसलिए पिछले कुछ वर्षों से वह मानसिक रूप से इस विश्वविद्यालय से अपने आप को जुड़ा हुआ अनुभव कर रहा था। एक मित्र तो उसके ही विषय का प्राध्यापक था वहाँ और उसी ने उसके लिए आवेदन पत्र भेज दिया था। पत्र में लिखा था, "मैंने अपनी विभागाध्यक्ष से बात कर ली है। वे तुम से प्रभावित हैं और तुम्हें इस पद पर नियुक्त करने के लिए तैयार हैं। यहाँ की एक इन्टरनल प्रत्याशी भी है। डॉ. मीनल ! पर उससे वे सख्त नाराज हैं। तुम यहाँ आ जाओगे, तो बहुत अच्छा रहेगा।" द्विवेदी का यह पत्र पाकर उसने सोच लिया था कि वह यहाँ नियुक्त हो जायेगा। उसी पद पर जाने में कोई हर्ज भी नहीं है, न आर्थिक दृष्टि से, न अनुभव की दृष्टि से। जाते हुए वह यही सब कुछ सोच रहा था।

दो दिन का लगातार सफर। कुछ बस से, कुछ ट्रेन से। शाम घिरने तक वह इस नये शहर में अपने मित्र डॉ. मिश्रा के घर पहुँच गया। द्विवेदी भी वहीं बैठा मिला। दोनों उसी की प्रतीक्षा कर रहे थे । पहुँचते ही द्विवेदी ने सूचना दी, "मीनल बहुत आश्वस्त है। आज वह कई बार पूछ रही थी शर्मा नहीं आया ! उसका शुभचिन्तक गुप्ता भी पूछ रहा था। मैंने कहा अभी तो नहीं आया। तब गुप्ता ने कहा कि अब तो मीनल रीडर हो ही गई समझो !"

तो मीनल ही वह विभागीय प्रत्याशी है, जो इस पद की प्रबल दावेदार है। उसने जान लिया। मीनल को खतरा सिर्फ उसी से है। वह अब तक नहीं पहुँचा था, शायद आये भी नहीं, यही सोच कर वह और उसकी पैरवी कर रहे विभाग के सीनियर रीडर डॉ. गुप्ता लगभग निश्चिन्त हो चले थे। द्विवेदी ने यह सूचना एक सास में देते हुए पूछा, "इतनी देर से क्यों आये भाई। हम तो चिन्ता कर रहे थे। कल सुबह इन्टरव्यू है और तुम आज पहुँच रहे हो ?"

"इन्टरव्यू लेटर ही परसों मिला, क्या करता। मिलते ही चल पड़ा।" उसने स्थिति स्पष्ट की।

द्विवेदी ने आशंका जताई, "कहीं तुम्हारा इन्टरव्यू लेटर जानबूझकर देर से न भेजा हो। हो सकता है इन लोगों ने दबवा दिया हो। शुक्र करो कि मिल गया। ये लोग बड़े तिकड़मी हैं।" फिर वह धीरे-से किंचित् चिन्तित स्वर में बोला, "इस बार तो गुप्ता और मीनल कई चक्कर दिल्ली के लगा आये हैं। तुम जानते ही हो उसका सगा भाई एम. पी. है। वह भी कोशिश कर रहा है।" उसने देखा

कि द्विवेदी के पूरे जिस्म में एक अवसादग्रस्त चिन्ता कौंध कर रह गयी है। फिर भी वह निश्चिन्तता से बोला, "भाई, मैं तो तुम लोगों के कारण ही यहाँ आया हूँ, वरना मुझे ज्यादा लाभ तो यहाँ है नहीं। लगता है वही जोड़-तोड़, वही क्षुद्र राजनीति, वैसे ही लोग यहाँ भी हैं। एक कुएँ से निकल कर दूसरे में कूदना ही हुआ यह तो। सीनियरटी भी खोऊँ, दूसरे वैसे ही जड़ लोगों के बीच में वैसा ही जीवन जीऊँ! वहाँ कम-से-कम दस-बारह सालों में आसपास के लोगों को तो जान चुका हूँ। वे जो चाल चलते हैं, उसकी जानकारी और उससे बचाव के तरीके तो मेरे पास रहते हैं।"

वह कह तो गया, पर नयी जगह के आकर्षण में बँधा उसका मन वहाँ आने को व्यग्र था। लेकिन द्विवेदी द्वारा डाली गई एक सफेदपोश की भयावह छाया मन पर आकर ठहर गई, जिससे बचने के लिए वह अपनी आत्मा के किसी कोने में छिपे उजाले को ढूँढ़ने लगा।

अगली सुबह ठीक दस बजे वह विश्वविद्यालय कार्यालय पहुँच गया। साक्षात्कार वाइस चांसलर के चेम्बर में था। ठीक सामने प्रतीक्षा कक्ष था। कई प्रत्याशी पहुँच चुके थे और बातचीत में लगे थे। कुछ प्रत्याशी उसके पूर्व परिचित थे। उन्होंने अपनत्व के साथ उसे कुर्सी दी। उसने एक दृष्टि सभी प्रत्याशियों पर डाली। एक कोने में पीली साड़ी में लिपटी एक श्याम वर्णी युवती कुछ पढ़ रही थी। उसने अपनी नीली डायरी में कुछ नोट्स ले रखे थे, वह झुकी हुई उन्हें याद कर रही थी। उसके होठ बहुत हल्के-से हिल रहे थे, जैसे तितली के पंख उस वक्त हिलते हैं, जब वह फूल पर बैठकर उसका रस ले रही होती है। उसके चेहरे पर आत्मविश्वास की एक दीप्ति थी। पर कुछ व्यग्रता उसके अंगों से फूट रही थी। उसने अनुमान किया कि शायद यही मीनल है, उसकी प्रतिद्वन्द्वी। थोड़ी देर बाद वह उठकर उधर ही आ गयी और दो कुर्सियाँ छोड़कर तीसरी कुर्सी पर बैठ गई। उसका मन किया कि उसे शुभ कामनायें दे दे। इस क्षण में वह अपने आप को एक ऋषि अनुभव कर रहा था। श्वेत केश, श्वेत दाढ़ी, सूट की जगह भगवा वस्त्रों में लिपटा परम सात्विक पुरुष, मानो उसके आशीर्वाद

से सब कुछ वही हो जाएगा, जो वह कहेगा। ठीक इसी क्षण में, इसी अनुभूति के साथ उसने स्नेहिल दृष्टि से मीनल की ओर देखा। मीनल के चेहरे पर एक हल्की-सी लालिमा दौड़ गई, कम-से-कम उसे तो यही प्रतीति हुई। आँखों के दूधिया आकाश में निर्मल चाँदनी तैरी और एक मासूम-सी मुस्कान के साथ वह उसकी ओर देख रही थी।

"तुम हो गईं मेरी हार्दिक शुभकामना है।... मिठाई तो खिलवाओगी न ?" बिना किसी परिचय की जरूरत समझे, उसने ये तीन वाक्य बड़े मन से, धैर्य से और बड़े अपनत्व के साथ कहे। मीनल किंचित् हिचकी। अपने आप को सभालकर बोली, "धन्यवाद ! पर कहीं आप ही को मिठाई न खिलानी पड़े !" कहने के साथ ही एक मोहक मुस्कान उसके लिपिस्टिक से गहरे रंगे होठों के बीच से तैरकर उसकी ओर आई और उसके सम्पूर्ण अस्तित्व को छू गई।

"मैंने कह दिया मैडम ! और जहाँ तक मिठाई की बात है, तुम्हारी नियुक्ति पर भी मैं ही खिला दूँगा... ऐसी कौन-सी बात है !" वह अपनी बात पूरी कर ही पाया था कि एक प्रत्याशी उठकर खिड़की के पास पहुँच गया। बाहर की ओर देखता हुआ बोला, "मैडम रमन अपनी गाड़ी से एक मैडम के साथ उतर रही हैं। शायद एक्सपर्ट हैं !" जिज्ञासावश कुछ प्रत्याशी खिड़की पर जा लगे। पहचान रहे थे कि एक्सपर्ट कौन हैं।

"अरे ये तो मिसिज सूर्या हैं, जे. एन. यू. से। हमारी टीचर रह चुकी हैं।" बिहार से आया एक प्रत्याशी चहका।

"तब तो भाई साहब आपका एप्वाइन्टमेंट पक्का ! बधाई !" पास खड़े प्रत्याशी ने बिहारी बाबू को बधाई दे डाली।

कुछ ही देर बाद साक्षात्कार आरम्भ हुआ। तब तक यह भी पता चल गया कि दूसरे एक्सपर्ट प्रो॰ कृष्ण गोपाल गोस्वामी हैं। प्रो॰ गोस्वामी से वह परिचित है। उसे लगा कि अपना एक आदमी वहाँ है, इसलिए अन्याय नहीं होगा। उसे आश्वस्ति हुई और अपने भीतर एक अदृश्य शक्ति का आभास हुआ। वह उनकी स्पष्टवादिता, बुद्धिमानी और उनके धाकड़ व्यक्तित्व से भलीभाँति परिचित था। दूसरे, वहाँ की विभागाध्यक्ष प्रो॰ रमन भी उससे अप्रत्यक्ष रूप से परिचित थीं। उनकी उपस्थिति भी उसके लिए सुखद और निरापद थी। मन

ही मन उसने यह भी विचार किया कि यहाँ के वाइसचांसलर प्रो॰ रामपाल एक अच्छे विश्वविद्यालय में प्रोफेसर रह चुके हैं, अपने विषय में अच्छे विद्वान् माने जाते हैं। उनकी विद्वता और सही निर्णय-क्षमता के बारे में मिश्रा प्रायः लिखता रहा है। वे अन्याय नहीं कर सकते। न किसी एप्रोच या राजनीतिक दबाव को मानेंगे। इस हिसाब-किताब को अपने भीतर समेट कर, अपनी बारी आने पर वह इन्टरव्यू बोर्ड के सामने पहुँच गया।

ठीक सामने प्रो॰ रामपाल बैठे थे। एक ऊँची कुर्सी पर। उनका दिव्य, कोमल चेहरा श्रद्धा का भाव जगा रहा था। बायीं ओर प्रो॰ गोस्वामी थे और उनके बराबर में थीं मि॰ सूर्या। दायीं ओर बैठी थीं प्रो॰ रमन और उनके बराबर में एक सज्जन बैठे थे, जो संभवतः आयोग के सदस्य थे। रजिस्ट्रार ने उसकी फाइल प्रो॰ रामपाल के सामने बढ़ाई। उन्होंने उसकी योग्यतायें पढ़ीं, उसकी विशेषज्ञता के साथ उसकी प्रकाशित पुस्तकों तथा शोधपत्रों की संख्या सूचित की। उसने उत्साह के साथ अपनी पुस्तकें विशेषज्ञों के सामने वाली मेजों पर लगा दीं। कुछ शोधपत्र और पुस्तकें प्रो॰ रमन तथा आयोग के सदस्य के सामने रख दिए। उसका साक्षात्कार आरम्भ हुआ। आयोग के सदस्य महोदय ने कुछ प्रश्न पूछे। उसने उत्तर दिए। फिर विशेषज्ञों में से श्रीमती सूर्या ने प्रश्न किये। पहला ही प्रश्न अस्पष्ट और विवादास्पद था। उसने प्रश्न को स्पष्ट किया और ठीक जबाव दिया। लेकिन श्रीमती सूर्या विजय भाव से मुस्कराकर अपनी असहमति दर्शा रही थीं। उन्होंने रहस्यपूर्ण मुस्कान के साथ प्रो॰ रमन की ओर देखा। उन दोनों की दृष्टियाँ जिस बिन्दु पर मिलीं, वहाँ एक षड्यन्त्र की कौंध उसे अनुभव हुई। उस कौंध में पूरा कक्ष किसी नाटक का सेट दिखाई देने लगा जिसमें वह अकेला सबकी दृष्टि का केन्द्र था। मनोरंजन के लिए स्वयं प्रस्तुत किसी अजनबी पात्र-जैसा। तत्क्षण प्रो॰ गोस्वामी ने एक प्रश्न कर स्थिति को सम्भाल लिया। सहानुभूति की नमी पाकर उसकी हृदय-भूमि पर विश्वास का एक अंकुर फूट गया। उसी क्रम में प्रो॰ रमन ने उसका नवीनतम बॉयोडाटा माँग लिया। अन्त में उससे पूछा गया कि वह यहाँ क्यों आना चाहता है ? जबकि अपनी यूनिवर्सिटी में इसी पद पर और यहाँ से अधिक वेतन पा रहा है ? उसने अकादमिक दृष्टि से जो संभव और उचित उत्तर दिया, वह उसके हिसाब से

पर्याप्त था, लेकिन प्रो॰ गोस्वामी उसकी वास्तविक कठिनाइयों से परिचित थे, सो उन्होंने उसे आश्वस्त करते हुए सही कारण बताने के लिए कहा। उसने बता दिया कि जहाँ मैं काम करता हूँ वहाँ क्षेत्रीयतावाद और जातिवाद के कारण उसका दम घुटता है। वैसे ही छोटी दृष्टि के लोग हैं। यहाँ अच्छा, खुला वातावरण मिलेगा तो मैं अपने विषय में अच्छा काम कर सकूँगा।

'ठीक'—जैसे भाव के साथ सभी सदस्यों ने अपनी गरदनें लगभग एक साथ हिलाईं और 'थैंक्यू डॉ॰ शर्मा' कहकर उसे जैसे आश्वस्ति का अंतिम शब्द सौंप दिया तथा साक्षात्कार-समाप्ति का संकेत कर दिया। इस तरह एक सुखद समाप्ति के बाद वह चेम्बर से अपना सामान समेटकर बाहर आ गया। बाहर प्रतीक्षा में बैठे अन्य प्रत्याशी लपककर उसके पास आये और अन्दर की स्थितियाँ पूछने लगे। एक-दो ने तो उससे यह भी कह दिया कि, आपका ही चयन होगा। इतनी देर इन्टरव्यू किसी का नहीं हुआ। और फिर आप हम सब में 'क्वालीफाइड' हैं।

साक्षात्कार देकर वह मिश्रा के घर पहुँच गया। साक्षात्कार की चर्चा हुई। इसी बीच द्विवेदी भी आ गया।

"कैसा रहा इन्टरव्यू ?"

"इन्टरव्यू तो अच्छा गया। मुझे संतुष्टि है। मैंने अपना काम कर दिया अब चयन समिति पर है, वह क्या करेगी" उसने उत्तर दिया।

"तुम्हारी योग्यता की टक्कर का और कोई केन्डिडेट नहीं है। चिन्ता मत करो, ईश्वर ने चाहा तो तुम्हारा चयन हो जाएगा।" मिश्रा ने आत्मीयता के साथ कहा। तब तक एकदम से द्विवेदी बोला, "योग्यता से कुछ नहीं होता जी। मीनल बड़ी प्रसन्न दिख रही थी। उसने अपनी सारी शक्ति लगा दी है। उसका एम. पी. भाई जहाज से कमीशन के सदस्य को अपने साथ लेकर आया था। सुबह प्रो॰ रमन भी प्रो॰ कृष्णगोपाल गोस्वामी के पास यूनिवर्सिटी गेस्टहाउस गई थी, मीनल के लिए कहने और श्रीमती सूर्या को तो उन्होंने अपनी गिरफ्त में पूरी तरह ले ही लिया था। वी. सी. के पास कई बार फोन हुए हैं।" असमय ही गंजे हो गए अपने सिर को खुजजाते हुए क्षीणकाय द्विवेदी बहुत 'इक्साइटिंग' लग रहा था।

सुनकर उसे श्रीमती सूर्या और प्रो. रमन का मुस्कराकर एक-दूसरे की ओर रहस्यमय ढंग से देखना याद हो आया। तो क्या यह एक पूर्व नियोजित षड्यंत्र था ? लेकिन प्रो. रामपाल, प्रो. गोस्वामी ? क्या ये लोग खामोश बैठे रहे होंगे ? वह सोचने लगा। प्रो. रमन तो ऐसी नहीं लग रही थीं। उनकी आत्मीय मुस्कान तोड़ने वाली नहीं, जोड़ने वाली थी। किंचित् पौराणिक किस्म के आभिजात्य से मण्डित महिला की-सी गरिमा उत्पन्न करने वाली। उनके मुखमण्डल में अतीत के सौन्दर्य को प्रतिभासित करने वाली चमक थी। एक अमूर्त तेजस्विता और तरलता। श्वेत केशों के बीच प्रदीप्त गम्भीर चेहरा उनके व्यक्तित्व को सबसे अलग रूप दे रहा था। नहीं ! ऐसी महिला कुटिल नहीं हो सकती। साक्षात्कार के मध्य उन्होंने उसका तिरस्कार तो नहीं किया था। फिर ? यह द्विवेदी अचानक क्या कह रहा है। या तो वह झूठ बोल रहा है, या फिर मैं भ्रम में हूँ ; उसने सोचा।

द्विवेदी की बात का उसने एक ही उत्तर दिया, "प्रो. रमन एक अच्छी महिला हैं।" द्विवेदी फिस्स से हँसा और बोला, "वह चोट्टी ! तुम नहीं जानते वह बड़ी खुर्रांट है। अपने से कम उम्र के प्रोफेसर शर्मा को फाँसा है उसने।"

"ऐसा है बन्धु ! इन वाहियात बातों में मेरी कोई रुचि नहीं है। बुनियादी इंसानियत किसी में हो, उसकी इज्जत करनी चाहिए। व्यक्तिगत अच्छाई या बुराइयों से किसी के व्यक्तित्व को नहीं नापा जाना चाहिए। अगर कोई हमारे साथ अच्छा व्यवहार करता है, सच्चाई और ईमानदारी से पेश आता है और हमारे दुःख में शामिल होता है, तो वह सम्मान के योग्य है। उसकी भलमनसाहत इतनी राहत तो देती ही है कि समाज की जड़ों में अभी कहीं नमी बची हुई है। हो सकता है तुम ठीक हो, लेकिन क्या पता, उसकी अपनी सीमायें हों..." उसने द्विवेदी को समझाया। मिश्रा उसे गम्भीर देखकर समझ गया कि बात अब लम्बी खिंच जाएगी। जब यह बोलेगा तो बोलता चला जाएगा, बल्कि रोकने से भी नहीं रुकेगा। वेद से लेकर 'रेडबुक' तक के सन्दर्भ 'बकने' लगेगा। उसने पत्नी को चाय लाने के लिए कहा और खुद एक पत्र लिखने बैठ गया।

"जो हो, ठीक है। हो तो ठीक, न हो तो भी ठीक ! आप लोगों से मिलना

हो गया। एक अनुभव मिल गया। अब मैं लौटूँगा।" उसने निर्णयात्मक स्वर में कहा।

"आज ही ?" स्वर को कुछ लम्बा खींचते हुए आश्चर्य के साथ मिश्रा ने पूछा। "हाँ, आज ही। शाम को ट्रेन जाती है। अभी दो घंटे हैं। कोई बात नहीं भाई, फिर कभी आना होगा !" उसने अपना कार्यक्रम निश्चित कर दिया।

वे लोग उसे छोड़ने रेलवे स्टेशन आये। अभी ट्रेन छूटने में देर थी। वह चाह रहा था कि प्रो॰ रमन से मिल कर, उन्हें धन्यवाद कहे। लेकिन इस समय न तो उनसे मिलना संभव था, न उसे यह उचित लगा। यही सोच कर उसने अपने मित्रों से कहा कि वे उसकी ओर से उन्हें धन्यवाद कह दें और बता दें कि वह मिलने का इच्छुक था, लेकिन इस समय उसने मिलना ठीक नहीं समझा, दूसरे जल्दी थी, सो आज ही वापस लौट गया। मित्रों ने सुझाया कि वह यहाँ से टेलीफोन क्यों नहीं कर ले। उसे सुझाव उचित लगा और उसने पब्लिक बूथ से नम्बर मिलाया--फोर जीरो डबल थ्री ! बैल जा रही थी, लेकिन उधर से किसी ने फोन नहीं उठाया। कुछ रुककर फिर रिंग किया। तीन-चार बार कोशिश करने पर भी जब फोन नहीं मिला तो उसने यह विचार छोड़ दिया।

अलविदा ये शहर ! अलविदा ! सामान्यतया खूबसूरत, किन्तु प्रकृति की सघनता के बीच यह शहर काफी संक्षिप्त-सा और अपना-सा लग रहा था। ट्रेन चली तो उसने मित्रों से हाथ हिलाकर विदा ली।

कभी-कभी जो कुछ बाहर घटित होता है, उससे कहीं ज्यादा भयावह चीजें हमारे भीतर करवट लेने लगती हैं। और हम उस क्षण में असहाय बने सोच नहीं पाते कि क्या करें !

आज उसे यह सूनचा मिली है कि वाइस चांसलर ने बिना सीनेट की बैठक में पास किये, औपचारिकतायें पूरी किये बिना ही डॉ॰ मीनल को नियुक्ति दे दी है। 'यह तो होना ही था' मन के एक कोने से आवाज गूजी, 'नहीं यह गलत हुआ है' मन के दूसरे कोने में दबी आवाज ने सिर उठाया। इन दोनों आवाजों के बीच नागफनी का एक जंगल उगने लगा। उसकी आँखों में सबसे

पहले प्रो. रामपाल का चेहरा उभरा। इतना विद्वान् कुलपति जो किसी भी तरह की राजनीति का दबाब नहीं मानता था, वह भी दबाव में आ गया ! वही क्यों इस सारे षड्यन्त्र में सभी सदस्य बराबर के हिस्सेदार हैं। हमारे बुद्धिजीवियों को हो क्या गया है ? एक-एक कर कई चेहरे उसके सामने तैर गये। चिकने, करुणामय, गम्भीर या मुस्कराते हुए। मक्कारी और बेहयाई आदमी के चेहरे को इतना कोमल, चिकना और भोला बना देती है, यह उसे आज ही पता चला। उसे सब से ज्यादा तकलीफ इन लोगों के स्वार्थों या झूठ से नहीं हुई, 'इनह्यूमेनिटी' से हुई। और इस समूचे परिदृश्य का सूत्रधार था हँसता, मंद-मंद मुस्कराता एक गोल-मटोल अदृश्य चेहरा, पान चबाता एक श्वेतकाय भूत ! यह अदृश्य भूत उसे लगा कि यहाँ से उठकर आकाश तक फैलता जा रहा है। जिसके सामने सब बौने हैं। सब अशक्त हैं। तो क्या नागफनी के इस जंगल से कोई रास्ता नहीं निकलेगा ? उसने सोचा। उसी समय उसने दृढ़ निश्चय कर कलम उठाई और संकल्प के साथ अपना छूटा हुआ काम पूरा करने लगा। अब उसे लग रहा था कि उसके हाथ में एक लम्बी और तेज तलवार है। वह नागफनी के लम्बे जंगल को काटता जा रहा है। समय आयेगा और वह एक साफ-सुथरे रास्ते पर पहुँच जायेगा, जहाँ न कोई श्वेतकाय भूत होगा, न डरे हुए बिके हुए प्रो. रामपाल जैसे लोग। न द्विवेदी जैसे मित्र, जो इन दिनों डॉ. मीनल और गुप्ता के गुणगानों में लगा है, उसकी मनगढ़ंत बुराइयाँ गाता फिर रहा है, ताकि उसे आगे कोई लाभ मिल जाये !

रोना मत दीदी

रात एक बज गया था, जब हम लोग घर पहुँचे। सब सो चुके थे। अकेले बाबूजी जगे थे। लोहे के गेट की आवाज सुनते ही, वे छत से नीचे देखते हुए बोले, "मैं आ रहा हूँ... अभी बाहर के कमरे का दरवाजा खोलता हूँ..."। लगा वे हमारी ही प्रतीक्षा में थे। चौं ने का कोई भाव मुझे न उनके शब्दों में लगा, न चेहरे पर। पीछे की सीढ़ियाँ उतरकर अन्दर से बाहर वाले कमरे का दरवाजा उन्होंने खोला। हमने पैर छुए। उन्होंने आशीष देते हुए सामान उठाने में हमारी मदद की। कमरे के प्रकाश में मैंने देखा कि इधर के चार-पाँच वर्षों में बाबूजी कुछ ज्यादा ही कमजोर हो चले हैं।

मम्मी भी जाग चुकी थीं। "बड़ी देर में बस पहुँची... कब चले थे ?" उन्होंने नींद को अपनी पुलक के दायरे से बाहर करते हुए पूछा। किचिन की ओर जाते हुए बोलीं, "खाना लाती हूँ।" पत्नी ने उनको रोक दिया, "रहने दें मम्मी। बिल्कुल इच्छा नहीं है ! सच।"

"इतनी दूर से आ रहे हो तुम लोग, बच्चे कितने थक गए हैं..." अमित-सुमित के थके चेहरों को अपनी हथेलियों में कुम्हलाए फूलों की तरह सहेजती हुई वे बोलीं।

"सच मम्मी, बिल्कुल इच्छा नहीं है खाने की," मैंने जोर देकर कहा, तो वे "अच्छा तो दूध ले लो... अभी गर्म किए दे रही हूँ..." कहती हुई किचिन में चली गईं।

सारे कमरों में मेहमान बिखरे सोए पड़े थे। ऊपर छत पर भी और आँगन में भी। किसी धर्मशाला जैसा दृश्य था। जिसे जहाँ जगह मिल गई वहीं सो गया

था। मैं मधु दीदी को देख रहा था। वे कहीं दिखाई नहीं दे रही थीं। मम्मी दूध रखकर अन्दर के कमरे में गईं और मधू को जगाने लगीं। मैं भी पीछे-पीछे चला गया। वह अपनी बिटिया के साथ सो रही थीं। उठीं, "कब आए भइया... मैं कब से इंतजार कर रही थी। छुट्टियाँ नहीं मिली थीं क्या ? भाभी जी कहाँ है ?" अलसाई हुई आवाज में वे एकसाथ कई सारे प्रश्न बोल गईं और धीरे-धीरे उस शिथिल आवाज पर उल्लास का उजास तैरने लगा। अमित-सुमित को देखते ही उनकी आँखों में नींद की जगह खुशी चमक उठी। उनके सिर पर हाथ फेरते हुए वे बोलीं, "खूब बड़े हो गए हैं दोनों।" कुछ देर कुशलता। कितने लम्बे समय से न मिलने की बात। घर-परिवार, नौकरी और बच्चों की पढ़ाई-लिखाई की बातें। यात्रा की सारी थकान पता ही नहीं चला कहाँ चली गई।

थोड़ी देर बाद हम लोग सोने के लिए छत पर आ गए। बाबूजी मेरे बराबर में लेटे थे। उन्होंने मुझे विस्तार से बताना शुरू किया कि किस तरह यह सम्बन्ध हुआ है। लड़की वाले कौन हैं। कहाँ-कहाँ उन लोगों के सम्बन्ध हैं। लेन-देन आदि सब बातें मुझे समझाईं। मुझे लगा कि इस पूरे सम्बन्ध में बाबूजी की भूमिका बड़ी गौण रही है। पूरी तरह से अनिच्छा न भी हो, लेकिन वे पूरे मन से एक साथ तैयार नहीं थे। जैसा उन्होंने बताया कि किस तरह लड़की के पिता ने प्रवीण और छोटे बबली को लड़की से मिला कर तैयार कर लिया है। प्रवीण और छोटे ने मम्मी को अपनी ओर कर लिया और बाबूजी शायद अकेले छूट गए। लेकिन मधु दीदी ? मैंने सोचा। मैं दूर था। फिर मैं भी क्या कहता ? चुपचाप सुनता रहा। "चलो ठीक है, शादी प्रवीण की है। उसकी पसन्द है, इसलिए हमें कुछ ज्यादा नहीं सोचना चाहिए। सब ठीक रहेगा।" मैंने इतना ही कहा। "हाँ, फिर मैंने थी सोचा, इतना लम्बा खींचना ठीक नहीं है। लेकिन यह जरूर है कि थोड़ा जल्दी-जल्दी हो गया सब।" बाबूजी ने कहा, तो मुझे लगा कि बाबूजी पूरी तरह आश्वस्त नहीं हैं अब भी। शायद वे उधर की पूरी जानकारी नहीं ले पाए हैं। या फिर लड़की के पिता ने जानबूझ कर इतना अवसर नहीं दिया और सब कुछ अपने ढंग से बहुत जल्दी-जल्दी तय कर दिया है। क्यों ? इस क्यों के कई संभावित उत्तर थे। बाबूजी उठकर अपने बिस्तर पर

चले गए थे। और मैं उस क्यों के उत्तरों में उलझा बहुत देर तक जगा रहा।

सुबह सब लोग जगे और उन्हें पता चला कि रात मैं भी पहुँच गया हूँ। कितने अन्तराल के बाद सब लोग मिले थे। पाँच साल से ज्यादा का समय हो गया। मधु दीदी की शादी में मैं आ नहीं पाया था। छुट्टियाँ नहीं थीं। बच्चे ही आए थे। लम्बे समय बाद अपनों के बीच पहुँचने की खुशी और तसल्ली कितनी बड़ी चीज होती है, यह मुझे उन क्षणों में ही प्रतीत हुआ। मेरे चारों ओर दादाजी, ताऊजी, चाचाजी, मामाजी, फूफाजी और न जाने कितने-कितने अनुभवी आत्मीय और सम्मानित चेहरे थे, जिनके बीच मैं अपने आप को बहुत छोटा, उनकी छाँव में सुरक्षित बैठा अनुभव कर रहा था। मेरी सारी चिन्तायें जैसे गायब हो गई थीं। मुझे सुमित-अमित तक की सुध नहीं थी कि वे इस समय कहाँ हैं। उन्हें अपने हमउम्र बच्चे मिल गए थे और वे मजे से बाहर सड़क पर निकल गए थे। यही तो होता है। जब हम संयुक्त परिवार में स्वजनों के बीच किसी भी ऐसे मांगलिक अवसर पर एकत्र होते हैं, तो एक आश्वस्ति, निश्चिंतता और सुरक्षा का भाव मन में स्वतः ही उदित होने लगता है। हमें लगता है कि हम व्यर्थ ही इतनी चिन्ता करते हैं। भयाकुल रहते हैं। दुःखी होते हैं। ये लोग हैं तो हमारे ऊपर। जब ये सब हमारे साथ हैं तो क्यों हम इतनी चिन्तायें करें। ऐसे-ऐसे सगे-सम्बन्धी जिनका हम अपनी रोजमर्रा की जिन्दगी में ध्यान तक नहीं करते, जिन्हें कभी पत्र नहीं लिखते, जीवन की भागमभाग में वे कहीं दिखाई नहीं देते, वे सब यहाँ उपस्थित हैं। उनका इस तरह यहाँ होना, सुख-दुःख पूछ लेना ही हमारे भीतर के सारे दुःख, भय और त्रास को सोख लेता है। एक अदृश्य शक्ति हमारे भीतर भर जाती है। हमें लगने लगता है कि अपनी जिन्दगी के मोर्चे पर हम अकेले नहीं हैं।

अगले दिन बारात अलीगढ़ के लिए रवाना हो चली। बच्चों में काफी उत्साह था। बाकी लोगों के उत्साह में कमी थी। इसका कारण मेरी समझ में नहीं आ रहा था। क्या यह बदलते समय के कारण है ? मुझे कुछ दूसरी ही खुशी महसूस हो रही थी। जिस भाई को मैंने अपनी उँगली पकड़ कर चलना सिखाया है, वह आज दूल्हा बना सज-धज कर दुल्हन लेने जा रहा है। यानी

मैं अब बड़ा हो गया हूँ। मधु दीदी और मम्मी-पापा की खुशी का मैं सहज ही अनुमान कर सकता हूँ।

विजय जीजाजी मेरे साथ बैठे हैं। बहुत ही सौम्य। शान्त और संयत। मैं उनसे पहली बार मिला हूँ। बेहद सरल, निश्छल और समझदार हैं। मधु दीदी सौभाग्य से इनके साथ इनके घर पहुँच गयी हैं, यह अनुभूति मुझे बहुत सुखद लग रही थी। बहुत-सी बातें हुईं हमारे बीच। लेकिन मन अघाया नहीं। अच्छे आदमी से बात करके यही लगता है। कितनी ही बातें करो, मन नहीं भरता। सब कुछ कह लेने पर भी लगता है, बहुत कुछ अनकहा रह गया।

बारात नियत समय पर पहुँच गई। एक लॉन्ज में व्यवस्था की गई थी। वहीं कन्या-पक्ष के लोग भी आ गए थे। कई बुजुर्गों को यह बात अच्छी नहीं लग रही थी। उनका सोचना था जब लड़कीवाले का घर बिल्कुल पास ही है, तब वे लोग क्यों इस 'होटल' में ही सारे काम कर रहे हैं ? अपना घर क्यों नहीं दिखाना चाहते ? कम-से-कम द्वाराचार और फेरे तो अपने घर के दरवाजे और आँगन में करने थे। मैंने भी एकबार को इन असंगतियों पर सोचा, लेकिन बातें देर तक मेरे मन में उलझी नहीं रही। आजकल आदमी अपनी सुविधा देखता है। रीति-रस्मों की परवाह नहीं करता। हो सकता है कि इन लोगों ने भी यही सोचकर सारी व्यवस्था यहाँ इस लॉन्ज में की हो। यह कोई ऐसी आपत्तिवाली बात नहीं है। व्यवस्था ठीक-ठीक थी। लेकिन हम लोग ऐसे माहौल में रहे-बदे हैं, जहाँ आत्मीयता गहरे तक रही है। हमारे अब तक के शादी-ब्याहों में दोनों पक्ष बड़ी आत्मीयता से मिलते रहे हैं, एक-दूसरे से परिचय करते हैं, और एक-दूसरे का सम्मान करते हैं। एक-दूसरे की सुख-सुविधा का ध्यान रखते हैं। यहाँ ऐसी बात नहीं थी। कोई पूछने वाला नहीं था। न किसी ने किसी का परिचय किया। सब आयें। मेज पर रखे पूड़ी-पकवान लें। खायें और अपने-अपने कमरे में जायें। एक अजीब रूखा-सा माहौल था।

मधु दीदी बड़े चाव से बारात करने आई थीं। सजी-धजी एक कोने में खड़ी थीं। वह शायद इसी रूखेपन को अनुभव कर रही थीं। उनका उत्साह कुचल चुका था। वह सुबह जल्दी जगी और मेरे कमरे में आई, "भइया, तैयार हो जाओ, जल्दी चलेंगे। आप हमारे साथ अलग गाड़ी में निकल चलना। आपसे बातें भी

तो नहीं हुई।"

"भइया, मुझे तो व्यवस्था कुछ अच्छी नहीं लगी।" शहर पार करते ही मधु ने बात यहाँ से शुरू की। "ये दोनों लडके ऐसे हैं, अपनी चलाते हैं।... वह तो मैं तटस्थ हो गई, मैं बाबूजी के साथ हो जाती, तो शायद यह सम्बन्ध नहीं होता।" मधु ने कहा। अवसाद की एक रेखा उसके चेहरे पर उभर आई थी। गाड़ी में बस हम तीन लोग ही थे, मैं, मधु और विजय जीजाजी। साथ में नीटू, मधु की बिटिया। हम दोनों चुप थे। मधु शुरू से ही स्पष्टवादी रही है। यही कारण है कि कभी-कभी उसे अपनी साफगोई का परिणाम झेलना पड़ जाता है। शादी के बाद भी उसका यह गुण गया नहीं है। बात करते-करते उसकी बड़ी-बड़ी आँखों में दुःख के बादल घिर आए थे, "मुझे और कुछ नहीं है, बस बाबूजी की चिन्ता है। वे इतने सीधे हैं कि उन्हें कोई कष्ट हुआ तो मुझे बहुत दुःख होगा...।" कहने के साथ ही थोड़ी देर के लिए चुप हो गई। विजय जी अब तक मधु दीदी की हर बात चुपचाप सुन रहे थे, मुस्कराते हुए। लेकिन वे भी उदास हो गए। मैं शुरू से ही स्वभावतः हर ऐसे मामले में तटस्थ रहा हूँ। इसलिए कुछ भी अनुभव नहीं कर रहा था। लेकिन मधु दीदी के इन शब्दों ने मेरी तटस्थता को तोड़ कर मुझे भी उद्वेलित कर दिया। विजय जीजाजी ने दीदी को समझाया, "तू बिना बात के दुःखी क्यों होती है ? इतनी फिकर नहीं किया करते। सब ठीक होगा।"

थोड़ी देर तक खामोशी घिरी रही। मैंने अचानक पूछा, "अच्छा ये बता दीदी, लड़की कैसी है ?" "लड़की तो ठीक है भइया, जितनी देख सकी हूँ। बाकी आगे पता चले।"... फिर वह हँसते हुए बोली, "जयमाला के टाइम वह कुछ सो-सी रही थी। उसकी आँखें नशे-से में थीं।" हम सब एक साथ हँसे। "थक गई होगी बेचारी", मैंने कहा। "पूछूँगी उससे कभी", मधु दीदी ने जोड़ा, बीच में विजय जीजाजी बोले, "पूछना क्या, वीडियो कैसेट में ही दिखा देना।" "जब से वीडियो कैसेट बनने लगी हैं, लड़कियाँ सजग रहने लगी हैं। वे रोती नहीं, कहीं काजल बह कर चेहरा खराब न कर दे। न उदास होती हैं...", दीदी ने बड़ी अच्छी बात कही। मैंने उसे छेड़ा, "तुम भी अपनी शादी पर यही सोच रही थीं क्या ?" हम तीनों फिर एक साथ हँस दिए। दीदी की उजली हँसी में

मेरे पुराने दिन चमक उठे। हम तीनों भाई कितना तंग करते थे दीदी को। हमारी मूर्खताओं पर कितना-कितना हँसती थीं वे। छोटा बबली तो अब तक उन्हें जानबूझ कर अपनी मूर्खताभरी बातों से हँसाता रहता है। दीदी की उस हँसी में छिपे थे हमारे खेल, हमारी गेंदें जिन्हें आँगन के पेड़ के पीछे वे छिपा देती थीं। उस हँसी की रोशनी में थे हमारी किताबों के पन्ने, जिन्हें वे हमें सुनाती थीं। उस हँसी की छाँव में ही हमारे वे क्षण थे, जब मम्मी-बाबूजी की नाराजगी से हमें बचा कर वे हमें दूर ले जाती थीं।

बारात भी लौट आई। घर में सब लोग इकट्ठे हो गए। अगले दिन रिसेप्शन रखा गया था। सब कुछ ठीक-ठाक हो गया। अगली सुबह मुझे लौटना था। देर रात तक हम लोग बातें करते रहे। विजय जीजाजी ने दिल्ली का अपना नया पता दिया। इसी बीच अन्दर से मधु दीदी रोती हुई बाहर निकली। "क्या बात हुई दीदी ?" मैंने दीदी की ओर बढ़ते हुए पूछा। दीदी आँगन में खड़ी होकर जग के पानी से अपने चेहरे को धो रही थी। "क्या बात हुई दीदी ?" मैंने फिर पूछा।

"कुछ नहीं।"

"कुछ तो ?"

"कुछ नहीं, दरअसल मैं कुछ ज्यादा ही सेंसिटिव हूँ। छोटी-छोटी बातें मुझे चुभ जाती हैं। इसलिए दुःखी हो जाती हूँ और सब को परेशानी में डाल देती हूँ।" दीदी रोते-रोते ही बोल रही थी।

विजय जीजाजी चुपचाप खड़े थे। पत्नी भी बाहर निकल आई।

"फिर भी बात तो बताओ पूरी...", मैंने आग्रह किया। मैं जानता था कि मधु दीदी पढ़ी-लिखी, समझदार लड़की हैं। स्वयं एक कॉलेज में लेक्चरर हैं। इसलिए यह तो निश्चित है कि वे हम लोगों के जल्दी लौटने को लेकर नहीं रो रहीं। वे जानती हैं कि छुट्टियाँ कैसे और कितनी मिल सकती हैं। फिर भी मैंने पूछा, "क्या इसलिए रो रही हो कि हम लोग जा रहे हैं ?"

"नहीं यह बात नहीं है।"

"फिर ?"

मधु दीदी के भीतर का बाँध जैसे अचानक टूटा। वे आँसुओं से रोने

लगी। हिचकियाँ लेते-लेते बोलती गयीं, "अभी न... मैं प्रवीण के कमरे में गई... वहीं बहू बैठी थी... प्रवीण का दोस्त भी बैठा था। प्रवीण के दोस्त ने पूछा... दीदी क्या बात है कुछ ज्यादा ही बिजी हो, दिखाई भी नहीं दे रहीं।... मैंने कहा, हाँ...। तब तक प्रवीण बोला... एक तो इसके पास लड़की है... बस सारा दिन उसी के साथ लगी रहती है। काम धाम कुछ नहीं...।"

यह जो घटित हुआ, सामान्य था। पर मधु दीदी के मन का दर्द इस सामान्य-से घटित से कहीं बड़ा था। हम भाई-बहनों में न जाने कितने बड़े-बड़े झगड़े होते रहे हैं, लेकिन मैंने दीदी को कभी इतना दुःखी नहीं पाया। उल्टे उन्होंने हमें खूब-खूब डाँटा है। वे कभी झुकी नहीं। इतनी तो कभी-भी नहीं रोयीं। फिर, प्रवीण की इतनी-सी बात उनको कैसे गहरे तक चुभी ? मैं यह सोच कर विचलित था। पत्नी ने आकर मधु दीदी के कंधे पर हाथ रखा और एक ओर ले जाकर वह उनकी वेणी खोलने लगीं।

सामने आँगन में एक ओर नया बना कमरा था। हरे-लाल-पीले-नीले बल्बों के प्रकाश में जगमगाता हुआ। इस कमरे में प्रवीण की ससुराल से आई हुई मिठाइयाँ और दूसरा सामान रखा है। मम्मी ने बताया था कि यह कमरा पिछले महीने बनवा लिया है। प्रवीण के लिए। बहू आयेगी, तो जगह की सुविधा के लिए बनाना जरूरी था। आँगन के दूसरे छोर पर आम का बूढ़ा पेड़ खड़ा है। अंधेरे में डूबा हुआ। सूख-सा गया है यह पेड़, जिसकी छाँव में हम सब भाई-बहन खेलते थे, पढ़ते थे। प्रवीण और बबली बन्दरों की तरह इसकी डालों पर ऐसे चढ़ जाया करते थे, जैसे बाबूजी के कन्धों पर चढ़ रहे हों। दीदी की आँसू-भरी आँखें कभी इस पेड़ की ओर देख रही हैं, कभी प्रवीण के कमरे की ओर। मुझे लगा वे सोच रही हैं कि आँगन अब उनके लिए सचमुच छोटा होता जा रहा है। एक हिस्सा इस कमरे के लिए हो गया, एक बबली के कमरे के लिए हो जाएगा। और इस पेड़ की छाँव पता नहीं आगे मिलती रहेगी या नहीं ?

मेरे मन में आया कि दीदी के पास जाऊँ और उन्हें समझाऊँ। "रोओ मत दीदी ! यह तो होता ही है। हम तो पंछी हैं। आयेंगे मेहमानों की तरह। लौट जायेंगे। पता नहीं कहाँ बसायेंगे अपना घर। तुम भी तो किसी और आँगन

की रोशनी बन चुकी हो। अभी तो कुछ नहीं हुआ। पता नहीं आगे और क्या-क्या अनुभव होगा तुम्हें। तब कितना-कितना दुःख होगा। सच, बहुत-बहुत। तुम लड़की हो न, तुम्हें यह अब से महसूस होगा शायद। यों घर में तुम्हें हमेशा स्नेह मिलेगा, इज्जत मिलेगी, लेकिन तुम्हें हर बार यही अनुभव होगा, जो प्रवीण की जरा-सी बात सुनकर हुआ है। तुम्हें बार-बार लगेगा कि यह आँगन तुम्हारे लिए छोटा हो गया है। पर रोना मत दीदी... रोना मत।"

लेकिन मैं कुछ कह नहीं सका।

सुबह जल्दी चला आया। मन वहीं अटका रह गया। दीदी के पास। लौटते ही मैंने दीदी के नाम एक लम्बी-सी चिट्ठी लिखी। बहुत भावुक-सी। लिखता गया। लिखता गया। न जाने क्या-क्या। मुझे लगा कि मैं बहुत कमजोर हो गया हूँ। स्वजनों को देखकर जो शक्ति मेरे भीतर संचित हुई थी, जिन्दगी के मोर्चे पर जूझने की जो ताकत मैंने संजोयी थी, वह रीत गई है। मैं अकेला, बिल्कुल अकेला रह गया हूँ, दीदी की तरह।

आज बिरज में होरी रे रसिया

दूर-दूर तक सरसों के फूल खिले-खिले दिख रहे हैं। अंधकार-घुले हरे रंग के गेहूं—जौ के खेत हरी-पोखर से खुले पसरे पड़े हैं। यह सिलसिला दूर क्षितिज तक चलता चला गया था जिसके बीचोंबीच कहीं-कहीं बत्तखों की तरह तैरते आसपास के छोटे-छोटे गाँव थे। धूप इस समूचे परिदृश्य पर धीरे-धीरे उतर रही थी। इसलिए परिदृश्य में ताजगी और प्रसन्नता थी। वे इस सब को ऐसे मुग्ध-भाव से ताक रहे थे, मानों इस चित्र को उन्होंने ही रचा है और इसे अभी-अभी पूरा कर के वे थोड़ी दूर खड़े हो उसे देख रहे हैं। इसके ताजे रंग छूट न जायें, इसलिए अपनी आँखों के अतिरिक्त किसी और को देखने नहीं देना चाहते। क्या पता किसी की दृष्टि छू कर इसमें दाग-धब्बा न लगा दे।

न जाने कब मिन्नी एक कोने में आकर खड़ी हो गई है। वह बाऊजी को इस तरह मुग्ध-भाव से ताकती देख रही है। बाऊजी की आँखों की सीध में वह भी क्षितिज-पार कुछ देखना चाहती है, लेकिन बाऊजी जो देख रहे हैं, वह उसे नहीं पकड़ पा रही। उसका ध्यान आसमान में उड़ती हुई चिड़ियों पर है। नीम के पेड़ से राम के तीर की तरह छूटे तोते को देखकर वह जोर से किलक पड़ी। उसकी इस पुलक से बाऊजी का दूर निकल गया ध्यान लौटा। ‘‘अरे ! मिन्नी, तू कब आ गई ? आ तुझे एक चीज दिखाऊँ।’’ एकान्त में अचानक मिले अपने उस नन्हे-से साथी को उन्होंने अपनी गोदी में बिठाया और उँगली के इशारे से वे उसे दिखाने लगे, ‘‘वो... देख ! कितने सारे फूल... पीले, नीले, लाल। ... !’’ मिन्नी चुपचाप देख-भर रही है। न कोई जिज्ञासा, न प्रसन्नता, न उत्साह । वे कहीं आहत हो जाते हैं। कितनी बड़ी हो गई मिन्नी, पांच-छह

साल की तो हो ही गई होगी । अभी इसे रंगों की पहचान नहीं है। न कोई जिज्ञासा है, न प्रकृति से लगाव ! क्या हो गया है आजकल के गाँव के बच्चों को ? उन्होंने फिर एक कोशिश की।

"बाऊजी, कौआ !" मिन्नी मिनमिनाई। बाऊजी में एक नन्हा-सा अंकुर उगा। वे उसे दिखाने लगे। देख वो... बबूल का पेड़। बबूल के फल देखे हैं तूने ? छोटे-छोटे होते हैं। गोल। पीले रंग के। और वो... देख, सरसों का खूब बड़ा खेत"। उन्हें लगा कि वे मिन्नी की उँगली पकड़ कर अपने बचपन में उतर गए हैं और उसके साथ दूर सरसों के खेतों में निकल गए हैं। भीनी-भीनी गीली सुगन्ध में दौड़ रहे हैं। फूलों का पराग उनके कपड़ों पर और बालों में चिपक गया है। वे अपने खेतों की मेंड़ पर नंगे पाँवों दौड़ रहे हैं। और लुकाछिपी खेल रहे हैं।

"चाय पी लीजिए।"

दो बार तो उन्होंने सुना नहीं। जब जोर से कहा गया, तो लौटे। जैसे पराए खेतों में पौधे कुचलते हुए पकड़ लिए गए हों। "क्या देख रहे हो ? अब ये खेत हमारे नहीं हैं। चकबन्दी में प्रधान के पास चले गए हैं।" पत्नी जैसे समझाना चाह रही है। वे जानते हैं। पर वे तो सारे खेतों को देख रहे हैं। अपना-पराया कोई खेत नहीं है। ऐसे देखने में तो सब के सब खेत एक जैसे है—सुन्दर, समृद्ध, अपनत्व-भरे।

चाय का गिलास देखकर उनके भीतर बचपन का ही एक विचार उछला। चाय नहीं पीनी। छाछ पीने का मन है। उन्होंने सोचा, बिल्कुल अभी रूठ जायें और चाय का गिलास जमीन पर लुढ़का दें, "नहीं मैं तो मट्ठा पीऊँगा, चाय नही पीता।" पर वे अब कैसे रूठें ? किससे रूठें ? माँ रही नहीं। पिता रहे नहीं। भाई भी कहीं के कहीं पहुँच गए।

वे मिन्नी की ओर देखने लगे। अपने घर गाय-भैंस भी तो नहीं है। यह नन्ही पोती गाँव में रहती है । इसके लिए भी दूध-दही कहाँ हो पाता है। वह भी चाय माँगती है। वे बच्चों को चाय पिलाने के सख्त खिलाफ हैं। लेकिन बच्चे मानें तब न ? और फिर बेचारे बच्चे भी क्या करें ? गाँवों में भी दूध-दही अब रहा कहाँ ? लोगों के यहाँ गाय-भैंस अब रहती ही नहीं। सब नौकरी वाले

हो गए। किसी घर में दूध होता भी है, तो बेच दिया जाता है। सुना है गाँव के पास ही डेयरी खुल गई है। दूधिए गाँवों से दूध इकट्ठा कर ले जाते है। सोचते-सोचते उन्होंने चाय सुड़की। विचार चाय के गिलास से उठती भाप में तैर कर उड़ गए।

सुबह से ही होली का उत्साह उनके मन में है। साफ कपड़े पहनकर वे जैसे तैयार बैठे हैं। लेकिन अभी तक कोई उनसे मिलने नहीं आया। उन्होंने फिर एक बार घड़ी देखी। ग्यारह से ऊपर हो गए। उन्होंने एक कोने में ऊँघती पड़ी अपनी चप्पलें पहनीं और उनके पैरों में पैर डाले। नीचे उतर आए। एक बार फिर आँगन में खड़े होकर बाहर की आहट ली। कहीं कोई हलचल नहीं थी। पत्नी ने टोक ही दिया, ''फिर निकलकर कहीं चल दिए। होलीवाले मिलने आयेंगे तो किससे मिलेंगे।'' ''अरी , भागवान कोई नहीं आ रहा अभी ! '' कहने को कह तो दिया उन्होंने, लेकिन पत्नी की बात उन्हें उचित ही लगी। फिर भी उनकी बात अनसुनी कर वे दरवाजा पार कर गए। गली सूनी पड़ी थी। कुछ बच्चे एक-दूसरे पर रेत-मिट्टी फेंक रहे थे। उनको आता देखा तो दौड़कर दुबक गए । उन्होंने बड़े प्यार से एक बच्चे को आवाज दी। उनके मन में आया कि ये बच्चे उन पर धूल फेंकें। फिर वे झूठमूठ को उन पर नाराज हो जायें। उन्हें डाँटें-डपटें। बच्चे उनको चिढ़ायें। चिढ़ा कर ताली पीटें। हल्ला मचायें। वे उनके पीछे दौड़ें। लेकिन उनके इन विचारों के बाहर खड़े बच्चे चुपचाप छिपे रहे।

''बाबूजी राम-राम।'' बच्चों की भगदड़ सुनकर बंगाली अपने घर से बाहर निकल आया। बच्चों को डपटता हुआ अपराध-भाव से क्षमा-याचना के स्वर में बोला, ''बच्चा ऐं, मैंने फटकारि दए हैं... ।'' ''अरे नहीं रे। मैंने तो इन्हें अपने पास बुलाया था। आए ही नहीं।'' उन्होंने कहा और कुछ रुककर बोले, ''आज होली है। तुम लोग बाहर नहीं निकल रहे क्या ?'' कुछ मुस्कराकर उन्होंने अपने शब्दों में खनक लाने की कोशिश की। फिर जैसे स्वयं ही अपने कहे पर आश्चर्य करने लगे। ''अरे, बाबूजी, कहा होरी, का दिवारी।... बंगाली बड़े उदास मन से बोला, और हंसिया बोरी लेकर अपने खेतों की ओर चल दिया। उनके भीतर कुछ टूटा, पर अगले ही क्षण उन्हें लगा कि बंगाली शायद संकोच कर रहा है। बंगाली ही क्यों, गाँव के सब लोग उनसे ऐसा व्यवहार कर रहे हैं। पता नहीं

क्यों ? वे और आगे नहीं गए। लौट आए और फिर अपनी छत पर टँग गए।

वे छह साल पहले रिटायर हो गए हैं। वर्षों से गाँव छूट गया था। गाजियाबाद में अपना मकान बनवा लिया था। वहीं रहे। कुछ महीने पहले ही गाँव आए हैं। इस बार की होली गाँव में ही मनाने का निश्चय किया था। गाँव के लोगों के मन में उनके प्रति सम्मान है। पढ़े-लिखे कुछ लोगों में से वे ही ऐसे हैं, जो आज गाँव में हैं। उनके साथ के और बाद के लोग या तो शहरों में जा कर बस गए हैं, या अपने बच्चों के साथ उनकी नौकरी वाले शहरों में रह रहे हैं। कई तो अब इस दुनिया में ही नहीं रहे। सोचते हैं तो एक लम्बा काला सन्नाटा खिंच जाता है उनकी आँखों के सामने। अब वे बैठें भी किसके साथ। कोई उनके पास आता-जाता नहीं। वे अक्सर बाहर अपने चबूतरे पर बैठे रहते हैं। आते-जाते लोगों का हालचाल पूछ लेते हैं लेकिन हर कोई राम-राम, श्याम-श्याम कर निकल जाता है। सब को अपने-अपने काम हैं। खेत के। खलिहान के । घर-गाँव के। बाजार के। वे ही खाली बैठे है। गाँव के कुछ बच्चे शहर के कॉलेज में पढ़ने जाते हैं। वे उनसे अखबार मँगा लेते हैं। कभी कोई पत्रिका या बहुत हुआ तो कोई किताब। कभी-कभार आने वाली चिट्ठियाँ। बस यही उनके साथी हैं। वे निश्चय करके आए थे। कि अब बाफी जिन्दगी अपने गाँव में ही बितायेंगे। अपने लोगों के बीच। पर ये लोग ! शायद उनके और इन लोगों के बीच एक कठिन गैप है। वे अपनी ओर से बड़े अपनत्व के साथ मिलते हैं। बातें करना चाहते हैं। अपनी नौकरी के अनुभव सुनाना चाहते हैं। उनका सुख-दुःख बाँटना चाहते हैं। लेकिन तार नहीं बैठता।

इस बार चुनाव में झगड़ा हो गया है। इसलिए पार्टीबन्दी और बढ़ गई है। ठाकुरों का गुट एकतरफ हो गया है ब्राह्मणों का एक तरफ। जाटव और हरिजन भी अब एक नहीं रहे, वे भी बंट गए हैं। वे सोचने लगे कि शायद इसी वजह से लोग होली खेलने बाहर नहीं निकले हैं।

बाल्टी में भरा रंग एक कोने में उनके मन की तरह ही उदास रखा था। ज्यों-का-त्यों । उन्होंने बड़े चाव से उसे घोला था। चौपई आएगी तो छत से ही आगन में खड़े लोगों पर उँड़ेल देंगे। स्वयं शहर गए थे वे और पक्का रंग खरीद कर लाए थे। गुलाल भी लाए थे—गुलाबी, पीला, हरा, लाल... कई रंगों

का। दुकानदार से कहकर गुलाल में सेन्ट भी मिलवाया था। वे मायूस होकर थाल में रखे गुलाल को देखने लगे। नीचे आँगन से धुँआ उठ रहा है। पत्नी पकवान तल रही है। उन्होंने गुझिया तो दो-तीन दिन पहले ही बना ली थीं। पत्नी का मन तो नहीं था। कहती थी—दो जनों के लिए क्या बनायें गुझिया और लड्डू! ऐसा करना बाजार से ही लेते आना। सुनकर वे बमक गए थे—"लो ये जमाना भी आ गया।" उन्होंने ढेर सारा सामान ला कर रख दिया था। मावा, मैदा, सूजी, मेवे, घी। उन्हें लगा बेचारी को बेकार ही तकलीफ दी। बहू अपने मायके गई है। रामे भी गया है अपनी ससुराल। बस मिन्नी है उनके पास। हालाकि रामे उनका भतीजा है, लेकिन पिता-समान ही आदर देता है। उनका अपना बेटा तो बम्बई रहता है। साल में कभी आ जाता है। वे उसके पास जाना नहीं चाहते। भीड़-भाड़ में उनका मन उकता जाता है। सारी जिन्दगी दिल्ली, कलकत्ता, गाजियाबाद, मद्रास में ही निकल गई। सारे शहर एक जैसे हैं। इसीलिए तो उन्होने गाँव में रहने का फैसला किया।

रात से गई बिजली अचानक आ गई। बेमन से उन्होंने टीवी खोल लिया। दोपहर का कार्यक्रम चल रहा है। महिलायें होली गीत गा रही हैं। उन्हें देखकर लगा कि ये महिलायें भी बस रस्म आदयगी के लिए स्टूडियो में आ गई हैं। उनके चेहरे पर न उत्साह है, न उमंग।... थोड़ी देर तक तो वे टीवी के सामने बैठे, पर उनका मन बध नहीं पाया। उठ गए।

बाहर आ खड़े हुए। दोपहर अपनी आभा छोड़ रही थी और ढलान के करीब आ गई थी सहसा गाँव के एक कोने से शोर की हल्की-सी धूल उठी। वे जैसे सपने से जगे। उनकी सारी चेतना एक पुलक के साथ उसी ओर केन्द्रित हो गई। वे उत्साह के साथ सीढ़ियाँ उतरकर नीचे आए, "देख, शायद लोग आने वाले हैं। तू जल्दी काम निपटा ले। अपने कपड़े भी बदल ले।" पत्नी को सुनाते हुए-से वे बोले। लेकिन पत्नी वैसे ही बैठी कचोड़ियाँ तलती रहीं। उन्हें झुंझलाहट हुई। यही सब करती रहेगी। अभी तक इसका काम ही नहीं निपटा। शाम हो आई। 'चौपई' आ गई तो? वे भिन्नाते से फिर ऊपर छत पर आ गए। रंग की बाल्टी को उठाकर एक कोने में रख दिया। ठीक छज्जे के पास कुर्सी खिसकाकर अलग रख दी। चलकर एक कोने से उस ओर देखने लगे, जिधर

से शोर उठ रहा था। कुछ नयी उम्र के लड़के उछल-उछलकर एक-दूसरे पर गोबर-कीचड़ फेंक रहे थे। एक-दो लड़के नाली में लुढ़के पड़े थे। कीचड़ और काले रंग से उनके चेहरे इतने पुते हुए थे कि पहचान में नहीं आ रहे थे। उनके हाव-भाव देखकर लग रहा था कि जरूर इन्होंने शराब पी रखी है। घृणा हो आई उन्हें। रंग-गुलाल का नाम नहीं है। नशे में धुत ये लड़के कैसी होली खेल रहे हैं। हमारे जमाने में तो लोग गुलाल और रंग से नहा जाते थे। पीले, बसन्ती, लाल, गुलाबी, हरे, नीले न जाने कितने-कितने हल्के-गाढ़े रंगों में सब सराबोर हो जाते थे। बालों में भरा रंग-गुलाल हफ्तों तक नहीं निकलता था। कपड़े टेसू के फूलों से बने रंग में रंगे जाते थे। उन्होंने अपने भीतर ही भीतर अपने आप से ही कहा। न अब वैसी होली रही, न वैसे लोग। महीने भर तक कैसी बैठकें जमती थीं। ढोल और ढप की थाप पर कैसी होली गाई जाती थी। पर लोग भी क्या करें ? न इतनी सुख-समृद्धि रही, न हर्षोल्लास। महँगाई से जूझते-जीते लोग क्या खेलें होली ? इससे तो शहर अच्छे। वहाँ लोग कम से कम एक दूसरे पर गुलाल तो मल लेते हैं। रंग भी डाल लेते हैं। मिलने आ जाते हैं। महँगाई तो उनके लिए भी है। भीतर से कुछ भी हो, होली का त्यौहार तो त्यौहार की तरह मना ही लेते हैं। और सबसे अच्छे तो वे मजदूर हैं जो हजारीबाग, बलिया, गोरखपुर जैसी दूर-दराज जगहों से आकर शहरों में मजदूरी करते हैं। होली पर महीनों तक रात-रातभर होली गायी जाती है उनके समाज में। सब मिलकर मस्ती से होली खेलते हैं। नाचते-गाते हैं। उनमें समृद्धता हो न हो, मन में जो उछाह है, जो मस्ती है, जो लय है, उत्साह का जो सागर है वह अपने आप छलक पड़ता है।

साँझ उतरने लगी। धूप भी अब विस्तार छोड़कर एक ओर सिमटकर बैठ गई थी। वे भारी पैरों से नीचे उतरे। उनके हाथ में रंग की बाल्टी लगी थी। सहसा उनके मन में उत्साह का एक झोंका उठा। वे पत्नी की ओर झपटे और "होली है।..." कहकर पूरी बाल्टी उनके ऊपर उंडेल दीं "ये क्या कर रहे हो, तबियत खराब हो जाएगी।" पत्नी ने इतना ही कहा। झुर्रियों-भरे उनके गोरे चेहरे पर लाल रंग इस तरह फैल गया मानो आकाश में सूरज डूबते-डूबते अपनी आभा बिखेर गया हो। उनको लगा वे भीड़ में घिरे होली खेल रहे हैं।

उनके साथ पूरा गाँव खेल रहा है। लोगों पर वे बाल्टी भर-भर कर रंग डाल रहे हैं। ढोलक और ढप के साथ लोग गा रहे हैं—आज बिरज में होरी रे रसिया... होरी रे रसिया, बरजोरी रे रसिया...। कौन के हाथ कनक पिचकारी, कौन के हाथ कमोरी रे रसिया ?... कृस्न के हाथ कनक पिचकारी, राधा के हाथ कमोरी रे रसिया... !! और वे थिरक रहे हैं। रंग में डूबे हुए। गाते हुए। उनको देखकर मिन्नी सहमी हुई अपनी दादी की साड़ी पकड़कर उनके पीछे छिप गई है। वे ठगे-से अपने किए को सिर्फ देख रहे हैं बहुत शर्मिन्दगी से, थके-से और बेजान-से।

बी-स्क्वेअर

नाम तो उसका कुछ और ही था। जैसे गोमती पटेल, गोपा पंडित या ऐसा ही कोई नाम। लेकिन यह नाम लोगों ने उसे दे दिया था। इसका मतलब लोगों के लिए था—ब्लैक ब्यूटी। लोगों के दिए नाम से शर्मा सहमत नहीं था। यह ठीक बात नहीं, सूरत तो भगवान के यहाँ से गढ़ कर आती है। इसमें उस बेचारी का क्या दोष ? किसी की शक्ल-सूरत को देखकर उसका मजाक नहीं उड़ाना चाहिए। ऐसा मानते हुए शर्मा के लिए 'बी-स्क्वेअर' का अर्थ था—बक्कू बेताल। पर लोगों को अपने मतलब से मतलब था, शर्मा के मतलब से नहीं ! यह वही बी स्क्वेअर थी, जिसके यूनिवर्सिटी में अप्वाइंट होने के बाद ही लोग जान पाए थे कि इस यूनिवर्सिटी में रिसर्च भी हुआ करती है। यानी, जब वह कहीं होती, जिससे भी कभी मिलती,एक ही बात कहती—''बड़ी प्राब्लम है। लैब एस्टेब्लिश नहीं हुई। मेरी रिसर्च रुकी हुई है। पता नहीं कैसे पूरी होगी !' जाड़ों में भी सुबह सिक्स बजे लैब में जाती हूँ, रात गए तक खड़ी रहती हूँ।'' इसी तरह, ''पता है इस महीने लैब का बिल कितने का आया ?'' वह विस्मय से खुद ही पूछती और खुद ही जवाब देती, ''चौहद सौ रुपया।'' या फिर, ''मैने सेंपल भेजे थे। जापान। डाक में खो गए।'अब-फ़िर तीन महीने इसी में लग जायेंगे।'' कहने का मतलब यह कि सब जान गए थे कि साइंस के किसी सब्जेक्ट में रिसर्च कर रही है और यूनिवर्सिटी में रिसर्च भी हो रही है। तब लोगों ने उसे नाम दिया था—मैडम क्यूरी ! लेकिन यह नाम ज्यादा चला नहीं। चला तो एक ही नाम—''बी—स्क्वेअर !''

तो यही बी-स्क्वेअर अपने कमरे में अंजु, जोशी, विभूति और लतिका

के साथ बैठी बतिया रही थी कि रॉबर्ट आ गया। ''हैलो शर।''

यह रॉबर्ट की खास स्टाइल है। 'सर' को 'शर' कहता है। जहाँ भी मिलता है इसी तरह हाथ हिलाता है और मिलाते हुए तीन बार कहता है—''शर-शर-शर !' ''आइए शर !'' बी-स्कवेर ने भी उसकी स्टाइल में रॉबर्ट को वेलकम किया। ''आज क्या हुआ, पता है ?'' रुक-रुककर हँसते हुए अपनी बेसुरी आवाज में जोशी ने सूचनात्मक प्रश्न किया।

''क्या हुआ ?'' राबर्ट ने मुस्कराकर जोशी की ओर देखा।

''अरे बड़ी गजब बात हुई... मैडम बतायेंगी।'' जोशी ने बी-स्क्वेर की ओर बाल फेंक दी।

''पता क्या हुआ, मैं जा रही थी। ऊपर इकॉनामिक्स डिपार्टमेंट है न। मैं गई तो थी जोशी के पास, वे वहाँ थे नहीं, मैंने सोचा उससे मिल लूँ। उसका डिपार्टमेंट सामने पड़ता है न। उसने मुझे ऊपर की मंजिल चढ़ते हुए देख लिया था... मैंने देखा शर्मा उसके डिपार्टमेंट से निकलकर लाइब्रेरी में जा रहा है और वह मुस्करा रही है कि तभी मेरा सामना हुआ तो उसका चेहरा फक्क हो गया !''

एक साथ सब हँस पड़े। बस हँसी नहीं तो लतिका और विभूति। यों भी लतिका कम ही हँसती है। उसकी सूरत ही ऐसी है। ऐसा वे लोग मानते हैं। इसलिए उसके न हँसने पर ज्यादा ध्यान नहीं देते। लेकिन विभूति को तो हँसना चाहिए था। सो सबने एक साथ विभूति की ओर देखा। अंजु फिर हँसी। उसने हँसते-हँसते ही कहा, ''ये कुछ समझी नहीं बेचारी।'' और सब के साथ अपनी ही बात पर खुद हँस पड़ी।

''नहीं-नहीं, मैं तो सोच रही थी, कि आप लोग किसकी बात कर रहे हैं।''

विभूति की इस बात का उत्तर दिया रॉबर्ट ने। ''ये लो, मैडम आप शायद नई आई हैं, लगता है।''

तब तक बी-स्क्वेअर चालू हो गई, ''अरे, तुम्हें नहीं पता ! वह शर्मा है हिस्ट्री वाला। अरे वही लम्बू। पतला-सा। चश्मा लगाए घूमता है और वह गुड़िया बनी घूमती है अनुपमा सोश्योलाजी वाली।''

"तुम्हें नहीं पता—" यह वाक्य विभूति को चुभ गया। वह इस चौकड़ी में भला बुद्धू क्यों मानी जाए। ऐसे कैसे काम चलेगा ? सो उसने कहा, "अच्छा-अच्छा... हाँ-हाँ मैं जानती हूँ। वह तो बड़ा सीधा लगता है। अरे ! मैंने तो उसे कई बार उसके साथ देखा है सिनेमा हॉल में। मैंने सोचा उसका भाई होगा।" उसकी इस बात पर सब ठहाके लगा कर हँस पड़े। बेचारी विभूति ने अपनी ओर से झूठमूठ ही यह जानकारी दी थी, तो भी लोग हँस पड़े, सो वह कुछ उदास हो गई। उदास होना उसे अवसरानुकूल नहीं लगा, सो वह भी हँस पड़ी।

"चाय चलेगी एक-एक ?" बी-स्क्वेअर उठने लगी, तो जोशी ने रोक लिया, "नहीं-नहीं मैडम अभी रुको। चाय तो चलती रहेगी। वह किस्सा बीच में ही रह गया !"

"हाँ-हाँ मैडम फिर क्या हुआ ? " राबर्ट ने जिज्ञासा दिखाई।

"होना क्या था, वह तो बड़ा ढीठ ठहरा। मेरी तरफ देखकर हँसता हुआ लाइब्रेरी की सीढ़ियाँ चढ़ गया। मैं जबरदस्ती अनुपमा के पास बैठ गई। इधर-उधर की बातें करती रही, पर वह पट्ठी भी खूब है। शर्मा की एक बात उसने नहीं की।" बी-स्क्वेअर सुनाने लगी।

"आजकल तो खूब मिलते हैं वे लोग, यह लतिका की टिप्पणी थी।"

"खूब मिलते हैं ? अरे, शर्मा अपने घर में कम, उसके घर ज्यादा रहता है।" यह जोशी ने जोड़ा।

"वाकई उसका प्राइवेट सेक्रेटरी है।" पता नहीं किसने कहा।

"आखिर उसने शर्मा में ऐसा क्या देखा ?" बी-स्क्वेअर की इस बात पर सब हँस पड़े।

"सुना है शर्मा का कोई आर्टिकल छपा है।" अंजु ने पूछा।

"हाँ-हाँ और देखो, उसमें कुछ स्कैच भी हैं। और पता है स्कैच किसके हैं ?"

"और किसके होंगे ?" सब फिर हँस पड़े।

"अरे उसका क्या है, वह तो कद्दू लौकी सब पर लिख दे।" जोशी ने कहा। पर जोशी की इस बात पर जोशी के अतिरिक्त और कोई नहीं हँसा।

क्योंकि तब तक शर्मा का आर्टिकल जिस मैगजीन में छपा था, वह टेबल पर आ गई। सब लोग स्कैच में आर्टिस्ट का नाम ढूँढ़ने लगे। "इसी मैगजीन के पिछले अंक में उसका भी तो छपा था", लतिका ने सूचना दी। "छपा होगा ? छोड़ो।" कहकर बी-स्क्वेअर उठ गई।" किसी के पढ़ने-लिखने-छपने की बात आते ही बी-स्कवेअर उठ जाती है, ओर सीधे किचिन में जाकर चाय बनाने लगती है।

चाय पीकर विभूति और लतिका चल दीं। उनके जाते ही उन दोनों की फाइलें खुल गई "यह छिपकली भी बड़ी तेज है।"

"कैसी बन रही थी जैसे इसे कुछ पता ही नहीं ?"

"अभी तक ेरठ से लैटर्स आते हैं इसके।"

"हैं ?" अंजु ने आश्चर्य की मुद्रा बनाई।

"हाँ-हाँ मैंने देखा था एक दिन।" बी-स्क्वेअर ने बात खत्म की।

तो आए दिन यह चौकड़ी जमती। ऐसे इस चौकड़ी की बातें होतीं। शर्मा और अनुपमा को लेकर। बी-स्क्वेअर की नींद तो जैसे सालों से गायब थी। क्यों थी ? उसने इस ओर कभी नहीं सोचा। इसलिए कारण का न उसे पता था, न शर्मा को, न अनुपमा को। औरों ने तो खैर कभी सोचने की जरूरत ही नहीं समझी। सोचते भी क्यों ? जिनके घर बैठे हैं उसी की तो बातें सुननी पड़ेंगी।

एक दिन बी-स्क्वेअर अपनी लैब के सामने वाले मैदान में खड़ी थी। वहीं रॉबर्ट भी खड़ा था। बी-स्क्वेअर अपनी रिसर्च का रोना रो रही थी। लेकिन यह रोना तीन साल के रोने से कुछ अलग सुर लिए हुए था। "साल भर हो गया, अभी रिपोर्ट्स नहीं आई हैं। लखनऊ से तो बहुत ही बढ़िया रिपोर्ट आई है। रुड़की जाना है। वाइवा पता नहीं कब होगा ? केन्डिडेट्स को कितना सफर करना पड़ता है। गाइड का क्या है, वह तो बस यही चाहते हैं कि पेपर्स लिखते रहो,

उनका नाम सबसे पहले देते रहो। राबर्ट जी सच मानिए, इसे डिले करने में शेट्टी साहब का ही हाथ है।"

दूर जाता हुआ शर्मा यह सुनकर चौंक गया। बी-स्क्वेअर अभी एक महीने पहले तक तो शेट्टी साहब की बड़ी तारीफ करती थी, और आज ?

"हैलो शर !" के आग्रह पर मन न होते हुए भी शर्मा रॉबर्ट के पास जा खड़ा हुआ। रॉबर्ट ने बी-स्क्वेअर पर अपना प्रभाव जमाने के लिए, मुस्करा कर शर्मा से पूछा–"आजकल क्या लिख रहे हैं सर ?" शर्मा पहले तो चुप रहा। एक क्षण सोचता रहा क्या जवाब दे ? उसने रॉबर्ट के गोलमटोल चेहरे को देखा, उसमें कुछ सरलता दिखी। सो उसने सरल-सा जवाब दे दिया, "ऐसे ही फोक म्यूजिक पर कुछ लिखा है।"

बी-स्क्वेअर और रॉबर्ट चुपचाप खड़े रहे। रॉबर्ट ने फिर पूछा, "अकेले ही या किसी के साथ ?"

शर्मा को लगा कि अब कुछ जवाब दे ही देना चाहिए। तब तक रॉबर्ट ने अपनी समझ से अपने सवाल को और साफ कर दिया, "आजकल आप अनुपमा के घर बहुत आते-जाते हैं, इसलिए मैंने सोचा..."। बस साहब, शर्मा को तो इसी क्षण की प्रतीक्षा थी। सो उसने बड़ी तीखी विनम्रता से कहा, "रॉबर्ट जी, जो मुझे वहाँ मिलता है, वह और कहीं मिले, और जो वह मेरे साथ करती है, वह कोई और करे, तो वहाँ न जाऊँ। बोलो तुम्हारे घर आ जाया करूं ? तुम्हारी बहन भी तो संगीत विशरद है।" यह बात उसने बी-स्क्वेअर को खासतौर से सुनाने के लिए कही थी। शर्मा के इस सवाल से दोनों सिटपिटा गए। वे इस सवाल का क्या जवाब देते ? ये लोग तो सवाल पूछने के लिए पैदा हुए हैं। जवाब देने के लिए तो नहीं। चौकड़ी की एक बैठक के लिए इतनी डोज बहुत थी।

"बड़ा बदतमीज है," शर्मा के बारे मं यह बी-स्क्वेअर का निष्कर्ष था।

तभी एक प्राणी और खिड़की तोड़कर इस कहानी में घुस आया। जे जे ! बी-स्क्वेअर के लिए जे-जे का मतलब था, जोशी जीनियस ! और लोगों के लिए

जे-जे का मतलब था—जोशी ऑफ जैंगल्स। मैंने कहा न, कि लोग शक्ल-सूरत देखकर नाम रखने में ज्यादा विश्वास रखते हैं। इस जोशी की शक्ल-सूरत कुछ-कुछ थी भी जंगली-सी। शर्मा को ऐसे नामकरण में कभी विश्वास नहीं रहा। सो, अपनी आदत के अनुसार उसने जे-जे का मतलब अपना अलग ही निकाला जोशी जूनियर। इससे कहानीकार को भी सुविधा हो गई। चौकड़ी में एक जोशी पहले से ही मौजूद था न ! तो, जे-जे दिल्ली यूनिवर्सिटी के किसी डिपार्टमेंट में लैब असिस्टेंट था और यहाँ आकर लेक्चरर एप्वाइंट हुआ था। पी-एच. डी. अभी अवार्ड नहीं हुई थी। प्रोफेसर से नीचे बात नहीं करता था। आते ही लम्बा-चौड़ा लैटरपैड छाप लिया और उसी लैटरपैड का कमाल था कि बी-स्क्वेअर के लिए जे-जे 'जोशी जीनियस' बन गया। यानी चौकड़ी के लिए एक श्रोता और जिसका कोई ठिया न ठौर। दावतें होतीं। बैठकें होतीं। गाने-बजाने से लेकर आउटडोर पिकनिक तक। और यह बात कैम्प्स में तैरने लगी कि बी-रक्वेअर तथा जे-जे आजकल...। लेकिन जे-जे की किस्मत कहिए या बी-रक्वेअर की। जे-जे की शादी हो गई और जे-जे ने शादी में किसी को नहीं बुलाया। वह छुट्टियों बाद आया तो बावी साथ लाया। बीवी साथ लाया तो उसने सब से दूर एक मकान भी किराए पर ले लिया। दूर मकान ले लिया तो वह चौकड़ी से भी दूर हो गया। बी-स्क्वेअर ने निष्कर्ष निकाला—"जे-जे बहुत बदल गया है।" सबका समर्थन उसे मिला।

"हम तो उसे ऐसा नहीं सोचते थे। हमने उसे कितना खिलाया, कितना मान-सम्मान दिया और उसने हम लोगों को चाय तक पर नहीं बुलाया। खैर जे-जे ही क्या, मैने तो अपने पूरे परिवार और खानदान के लिए सेक्रीफाइस किया है। भाई-बहनों को पढ़ाया-लिखाया है।... हम तो ऐसे ही रह जायेंगे। हमारी जिन्दगी तो यों ही जाएगी।

लेकिन इस रोने-धोने से होता क्या।

जे-जे तो फिर बी-स्कवेअर वाला जे-जे ही ठहरा। इन बातों की उसने कोई परवाह नहीं की। और वह उसी तरह बी-स्क्वेअर की खिड़की से बाहर कूद गया, जैसे सरदार अमरीकसिंह कभी उसी खिड़की से बाहर निकल गया था। बी-स्क्वेअर के दिल में सरदार अमरीकसिंह की यादों के कांटे उग आए।

यह वही सरदार था जिसे कई बार उसके दोस्तों ने बहन की गालियो दी थीं और वह बी-स्क्वेअर को 'पैणजी' कह कर उन गालियों को आजमाने के चक्कर में था। कितना चाहता था वह उसे ! लोग तो इसी धोखे में बी-स्क्वेअर को सरदारनी तक कहने लगे थे। कहें, इससे क्या फर्क पड़ता है। शर्मा सबसे यही कहता है कि बी-स्क्वेअर कहीं से भी लड़की नहीं है तो उसके कहने से वह लड़की नहीं रहेगी क्या ? कितना बदमाश है शर्मा ! और शर्मा भी मानता है कि वह इस दृष्टि से वाकई बदमाश है कि उसे किसी के भी बारे में ऐसी राय बनाने का अधिकार नहीं है। बेशक उसके अपने बारे में कैसी भी राय बनाने का अधिकार किसी को भी क्यों न हो। पाठक मेरी मजबूरी समझकर मुझे इस बात के लिए क्षमा करें कि मैं इस बिन्दु पर आकर बी-स्क्वेअर और सरदार अमरीकसिंह को मिला नहीं पाया। मैं चाहता था कि इनके मार्फत कहानी में नेशनल इंट्रीग्रेशन की सिचुएशन पैदा कर दूँ, लेकिन कमबख्त इन दोनों ने खुद तो धोखा खाया ही मुझे भी दे दिया। क्या करूँ, इनको तो अपने हिसाब से ही चलना था। मेरी कहानी के हिसाब से नहीं।

आज चौकड़ी फिर जमी थी। "सुना अनुपमा की थीसिस सबमिट हो गई," बैठने के साथ ही यह सूचना सबसे पहले लतिका ने दी।

"कब ?" चौकड़ी का मुँह फटा का फटा रह गया।

"नहीं तो !" बी-स्क्वेअर का मुँह लम्बा हो गया।

"उसकी आर. डी. सी. तो अभी तीन महीने पहले हुई थी। इतनी जल्दी ?" यानी, लतिका की इस सूचना को सही कैसे माना जाए ? लिहाजा, अगले दिन बी-स्क्वेअर स्वयं अनुपमा के घर पहुँच गई । इधर-उधर की बातों के बाद उसने पूछा, "कितना काम हो गया तेरी रिसर्च का ?"

"बस हो ही गया ? " अनुपमा का गोल-सा जवाब सुनकर बी-स्क्वेअर को तसल्ली नहीं हुई।

"कब सबमिट हो रहा है ?"

"हो गया।"

"हैं, हो गया ? कब ?... बधाई... " बी-स्क्वेअर का मुँह पितरा गया।

"धन्यवाद !" अनुपमा का मुँह उसे देखकर खिल गया।

अब बी-स्क्वेअर क्या कहे ? समझ नहीं पाई तो बोली, "जरा थीसिस तो दिखाओ। और सुनो, तुम्हारी आर. डी. सी. तो अभी हुई थी।"

"हाँ, आर. डी. सी. अभी हुई थी। लेकिन मैं तीन साल से काम कर रही थी।" यानी, अब कुछ और पूछना बाकी न था, सो बी-स्क्वेअर बिना चाय पिये ही उठ गई।

उस दिन शर्मा बाहर से लौटा तो अनुपमा ने आते ही उससे कहा, "सुना कुछ आपने ?"

"क्या ?"

"लोग कहते हैं कि मैं तुम्हारे चक्कर में पड़ गई हूँ।"

"नयी बात नहीं है और कहते हैं तो क्या गलत कहते है ?" शर्मा ने शरारत से उसकी ओर देखा तो अनुपमा की ममी भी हँस गई।

"शक्ल देखी है अपनी ?" अनुपमा ने बड़े मोहक ढंग से कहा तो शर्मा के मुँह से भी अनायास निकल गया, "अपनी शक्ल देखने की फुर्सत ही किसे है मैडम।" और तीनों खिलखिलाकर हँस पड़े।

"लोगों का क्या है किसी को भी किसी के चक्कर में डाल दें। तुम अपना काम करती रहो।" शर्मा ने कुछ गंभीर हो कर समझाया।

"मुझे अच्छा नहीं लगता कि आप मेरा इतना काम करते हैं और लोग मेरे पीछे बेकार ही आप के बारे में ऐसी-वैसी बातें करते हैं। ये लोग इतने पढ़-लिख कर भी कितनी फूहड़ बातें करते हैं ? छिः । माना, हम लोग मिलते ही हैं तो इन्हें क्या लेना देना। वे हमारे हैं कौन ? क्या हम उनसे पूछकर सब करेंगे ? क्या वे भी हमसे पूछकर सब करते हैं ? उनके लिए तो किसी से किसी के मिलने का मतलब है चक्कर.... " अनुपमा को दुःख भी था और गुस्सा भी। दुःख से कमरा भर गया और गुस्से से गरमा गया। शर्मा ने उठकर पंखा ऑन कर दिया। शर्मा ने उसे गौर से देखा "चलो काम करो ! आओ कहाँ छूट गया

था वह चैप्टर ?" और वे दोनों अपनी किताब के आधे लिखे चैप्टर को पूरा करने में जुट गए हमेशा की तरह।

मार्क्स, दुर्खीम, डार्विन, स्पैंसर, बोग्डरनोव, लुनाचस्की, सार्त्र, राधाकृष्णन आदि-आदि को किताबों में छोड़कर शर्मा जब अनुपमा के घर लौटा तो कुछ ज्यादा ही उदास था। यह कोई नई बात नहीं थी। वह जानता भी था कि लोग ऐसा तो कहेंगे ही । कहने दो। एक दिन सब को देखूँगा। किसी अदृश्य संकल्प से उसकी मुट्ठियाँ भिंच गईं। उसे लगा कि उसके हाथ में तलवार आ गई और वह तलवारवाला विक्रमादित्य है, जिसके पैर जंगल की ओर बढ़ रहे हैं।... कि तभी सामने से आती हुई बी-स्क्वेअर दिखी। बी-स्क्वेअर को देखना था कि शर्मा को अपने कन्धों पर बेताल का बोझ महसूस होने लगा। अपने घर तक आते-आते वह लगभग हाँफने लगा। वह न तो विक्रमादित्य था, न किसी ऐसे उपन्यास का पात्र जो संघर्ष करता और तुरन्त जीत जाता है। वह तो जीता-जागता शर्मा था। चौकड़ी की बातें न जाने किन-किन पगडंडियों से चल कर उसके दिमाग के दरवाजे पीटने लगीं। बातें। बेहूदी बातें। बेशर्मी भरी बातें। बातों का हुजूम, जिनका उसे सामना करना है। पर कैसे ? उसके दिमाग में तो सन्नाटा था। वह बहुत देर तक सोफे पर बैठा रहा। उसे लगा कि वर्षों से वह इसी सोफे पर बैठा है। जब से उसने नौकरी शुरू की है । समय जहाँ का तहाँ टँगा है क्योंकि उसके चारों ओर के लोग वहीं हैं उनकी बातें वहीं हैं शहर वही है, वह भी वही है । उसे अपने कन्धों पर सवार बेताल का बोझ अभी तक महसूस होता रहा। कब तक ढोता रहेगा वह इस बेताल को ? जब तक उसके सवालों का ठीक-ठीक जबाव नहीं दे देगा... और जबाव देने में अभी समय है। उसे लगा कि बेताल से वह मोहलत माँग रहा है।... और बी-स्क्वेअर बेतहाशा हँस रही है... नंगी हँसी... उस हँसी में गूज रही है पूरी चौकड़ी की हँसी...।

हमारी दुनिया से बाहर के लोग

"घूम आये ?", पत्नी ने भैया से पूछा और बहुत व्यस्तता वाले अन्दाज में कोई बहुत ही मामूली-सा काम करने लगीं। जहाँ वह काम कर रही थीं, इन्तिफाक से वह मेरा कमरा था, इसे लक्ष्य कर, यूनिवर्सिटी से पढ़ा कर लौटेंगे तो कमरा दुरूस्त रहना चाहिए वाला भाव मन में रखते हुए पत्नी ने एक ओर रखी पत्रिका दूसरी पत्रिकाओं के ऊपर रख दी और उनमें ऊपर पड़ी किताब रैक में सजा दी। फिर रैक में सजी किताबों पर हाथ फिराया। वे अपनी जगह बिल्कुल ठीक-ठाक थीं। कमरे में जरा भी धूल नहीं थी। खिड़कियों पर पर्दे कायदे से लगे थे। फ्लावरवॉस में लगे फूलों में एक फूल और खिल गया था। तब वे अन्दर से खीझती हुई दूसरे कमरे में चली गईं। भैया भी पीछे-पीछे हो लिया। उस कमरे में हमारी प्यारी बिल्ली शीनी अपनी पूँछ को बबाल समझकर अपने दाँतों से बार-बार दबा कर गोलाई में पर्श पर चक्कर काट रही थी। मानो उसे छुड़ाकर अपने से अलग कर देना चाहती हो। भैया का थैला मेरे वाले कमरे में ही छूट गया है, जिसे मैं बिना उसमें देखे भी बता सकता हूँ कि उसमें क्या-क्या होगा। अखबार की कटिंग्स, अंग्रेजी का कोई हल्का-फुल्का-सा नॉवेल ? या कोई भारी-भरकम फिलासफी-टाइप विषय पर अंग्रेजी किताब और कोई अंग्रेजी मैगजीन। यानी जिन चीजों से कोई आदमी 'जीनियस' कहा जा सके।

भैया कमरे के बीचोंबीच आकर खड़ा हो जाता है, शायद अनिश्चय में कि अब क्या करूँ। उसकी बाँहें लटक जाती हैं। सारा शरीर स्थिर, जरा-सा तिरछा, दाहिना ओर को झुका हुआ।

"बैठो।" पत्नी कहती है। और वह उनके पास ही बैठ जाता है। तब बातें।

हमेशा की तरह उसकी बातें यहाँ से शुरू होती हैं, कुछ-कुछ हकलाहट के साथ—"आपको पता है।... ", या ऐसा ही कोई वाक्य, वह सबसे पहले कहता है। और फिर वही गुड्डी की बातें। कॉलिज की बातें। किसी ने आज यह कहा। कोई तुम्हारे बारे में ऐसा कह रहा था। कोई उसके बारे में ऐसा कह रहा था। गुड्डी रिसर्च में बड़ी मेहनत कर रही है, पर उसके गाइड उसे बहुत परेशान करते हैं।

"क्या हुआ ?" पत्नी पूछती है। भैया को कुछ सहारा मिलता है, अपनी बात आगे बढ़ाने का, और वह तरतीब से वह सब कहने लगता है, जिसे सोच कर आया था। पत्नी में धैर्य भी गजब का है, जिस पर अक्सर मैं झुझला जाता हूँ।" आखिर तुम हो क्या; क्या यह सब बकवास सुनते रहने के सिवाय तुम्हें और कोई काम नहीं रह गया है ?" मैं जानता हूँ वह मुस्कराकर कहेंगी—"फिर मैं क्या करूँ ? कह दूँ की बकवास बन्द करो और जाओ।"

"हाँ-हाँ कह दो", कहना चाहते हुए भी मैं यह कह नही पाता। वह खुद ही कहती हैं कि मैं कई बार उसे बुरी तरह डाँट देती हूँ, पर वह मानता ही नहीं।"

अचानक उन दोनों की बातों के दृश्य के बीच में उपस्थित हो जाता हूँ। संयोग ही था कि भैया का प्रश्न यहीं खत्म हुआ था—"शर्मा जी ठीक हैं ?" और उसे उम्मीद नहीं थी कि उसके इस प्रश्न के उत्तर में, मैं ठीक-ठाक उसके ठीक सामने आ कर खड़ा हो जाऊँगा।

उसकी व्यवस्था कुछ गढबड़ा गई। और वह भीतर ही भीतर हड़बड़ा गया। प्रकट में छत पर लटके पंखे को देखने के बाद, कैलेण्डर की तारीखें पढ़ने लगा। पत्नी उठकर किचिन में चली गई और चूल्हे पर चाय रखकर मेरे लिए पानी ले आईं। जब वह फिर किचिन में गई तो वह उठा और वहीं पहुँच गया।

"सुनिये। मैं चाय नहीं पीऊँगा, दीदी।"

"अच्छा।"

"अब मैं चलता हूँ...", कहते हुए वह लौटा और अपना पीला थैला उठा कर गलियारे में जा खड़ा हुआ। पत्नी भी वहाँ पहुँच गईं। दो-तीन मिनिट वे

लोग कुछ बातें करते रहे, फिर पत्नी ने उसे दरवाजे तक छोड़ दिया।

"आज क्या मुसीबत सुना रहा था ?" मैं पूछता हूँ।

"कुछ नहीं, वही तुम्हारी 'उनकी' बातें।" पत्नी मजाक करती है।

'उनसे' उनका मतलब गुड्डी से है, जिन्हें मैंने ऐसे कई नाम दिये हैं, जो हास्यास्पद हैं।

मैं पत्नी के इस मजाक पर हँसता नहीं हूँ, सीरियस हो जाता हूँ।

अगले दिन की शाम।

सूरज आसमान के नीलेपन पर अपने गुलाबी पैरों की थपथपाहट छोड़ कर जा रहा था। धीरे-धीरे अँधेरे के संवलाये चेहरे पर रंग मल कर जाती हुई रोशनी थोड़ी देर के लिए हमारी खिड़की के बाहर ठिठक गई थी। पीछे के मैदान के पार मकानों की खिड़कियाँ खुली थीं, पर उनमें रोशनी नहीं थी। दूर बहती नदी की खामोशी हवा का हाथ पकड़कर हमारे कमरे तक तैर आई थी। पत्नी के केश सहलाता मेरा हाथ काँप रहा था। पर मैं कहाँ था ? जाने कौन-कौन सी स्थितियाँ और दृष्टियाँ मेरे भीतर जन्म रही थीं, चारों ओर बिखर रही थीं और मैं खण्ड-खण्ड होकर उनके बीच बिखर गया था। स्थितियों को और अपने आपको तरतीब देने के लिए उस वक्त मैं बिट्टू के बहुत करीब बैठ कर कोई कविता रच रहा था। हवा हल्की-सी हिली थी और बाहर खड़े पेड़ की कोई पीली पत्ती हवा के साथ टूट कर रोशनदान के रास्ते हमारे बीच आगिरी। हमारी आँखों ने एक साथ रोशनदान के पार पेड़ के दर्द को पढ़ा कि इतने में हमारा दरवाज़ा किसी ने खटखटाया। देखा, भैया और गुड्डी थे। मेरी दृष्टि में यह कैसी लड़खड़ाहट थी, अभी मैंने वह नाम याद किया था और उस दृश्य को मैं अभी ठीक से सधे हुए रूप में पकड़ भी नहीं पा रहा था। पर इससे क्या ? वे खड़ी थीं और मुझे भी देहरी पर खड़े-खड़े जितनी देर चाहिए थी उससे अधिक देर हो गई थी। मैंने फुर्ती से पैर भीतर की ओर रखा और मोढ़े पर बैठ गया। गुड्डी मेरे ठीक सामने बैठ गई और पास ही भैया भी। पत्नी बायीं ओर रखे मोढ़े पर। गुड्डी की बैठने की मुद्रा वैसी ही हास्यास्पद थी, जैसी उनकी अपने पहचान

है। उनके वीरांग मेहनत और कायदे से गूँथी गई दोनों चोटियों की सुकुमारता को परास्त किये दे रहे थे। इसी से तो हम लोगों ने उन्हें वह नाम दिया था। उनकी बातें वही होती हैं। अपनी रिसर्च की महागाथा वाली। दूसरों की निन्दा वाली। कोई समझे या न समझे उन्हें अपने घिसे हुए शब्दों में अपनी बेवजह की व्यस्तता, मेहनत, अन्त में अपने सहकर्मियों, अपने रिसर्च गाइड की कमियों, अपने तथा उनके बीच की खींचतान का बखान करना होता है। समय के किनारों को लाँघती हुई उनकी आवाज बही चली जाती है। शब्द टुकड़े-टुकड़े हो रहे हैं। शब्दों की चरमराहट में संवेदनाएँ उठती-गिरती-मरती हैं। पर बेअसर। लेकिन यह मेरी दृष्टि का गलत कोण है। मेरे मन का बड़ा ही जड़ बिन्दु, जहाँ सिर्फ खीझ है, खामोशी है, तनाव है, घुटन है और मेरी अपनी लाचारी भी। मैं अपने को अपने से दूर, उस दृष्टि के कोण से परे फेंकता हूँ और सुनता हूँ मक्खियों की तरह भिनभिनाता एक कोहराम, जो कमरे में गूँज रहा है और जिसे केवल कमरे की दीवारें सुन रही हैं।

समय ने तेजी से पैंतरा बदला। मैं पहली बार अचम्भे से कई पल उन्हें देखता रह गया। उनकी मुखाकृति डूब गई, फिर क्रमशः सब कुछ डूब गया—एक लिजलिजी छटपटाहट शेष रह गई और फिर वह भी नहीं। मेरा ध्यान दरवाजे के बाहर से झाँकते बच्चे की ओर चला गया। वह अन्दर आना चाहता था। उसके हाथ में एक कागज का टुकड़ा था। मेरे मुस्कराने पर वह पास तक आया "अंकल देखो टिकिट"। बच्चे को डाक टिकिट इकट्ठे करने का शौक है। इसीलिए वह मेरे पास आ जाया करता है, शायद कोई नया टिकिट मिल जाए पर उसके हाथ में टिकिट नहीं बीड़ी-बंडल के ऊपर का लेबल था। लेबल पर एक पुरुष आकृति बनी हुई थी और नीचे लिखा था—पहलवान छाप। मेरी दृष्टि अब पहलवान की खूब ऐंठी हुई मूँछों पर थी। और मुझे इन्हें दिया हुआ नाम याद आया।

अचानक दृश्य बदला। बिट्टू चाय लेकर आ गई थी।... चिहुंक कर जैसे मैं चिल्लाया, बुरी बात है, बिट्टू बुरी बात है। पर क्या बुरी बात है ? और अपने ही प्रश्न से घबरा कर मैं इधर-उधर देखने लगता हूँ। खिड़की, जिससे पर्याप्त हवा भीतर नहीं आ सकती... पर बिट्टू यही तो नहीं देखती। मुझे खीझ होने

लगती है। अब मैं टूट पड़ना चाहता हूँ। बेतरतीब। आपस में गुँथा हुआ। और इस प्रयत्न में मैं वह होने लगता हूँ, जो दरअसल मैं हूँ नहीं...। मैं बिट्टू को अपने नये मकान का नक्शा विस्तारपूर्वक समझाते हुए बताने लगता हूँ कि उसका आँगन इतना बड़ा होगा, और खिड़कियाँ खूब चौड़ी-चौड़ी जिनके बाहर खूबसूरत फूलों के गमले, नदी का दृश्य पहाड़ और पहाड़ पर झुके बादल, साफ आसमान, आसमान में उड़ती चिड़ियाएँ... सब... सब कुछ हम देख सकेंगे। और एकाएक मैं बिट्टू के साथ इस छोटे से किराये के मकान को छोड़ कर अपने नये मकान में जाने की कल्पना से ही अपने को बहुत बड़ा और अलग महसूस करने लगा। हम इन दृश्यों को समेट लेंगे। आओ, देखो बिट्टू प्लीज इस खिड़की को बन्द कर तो, दरवाजे को बन्द कर दो। इन लोगों को बाहर धकेल दो। ये हमारी दुनिया से बाहर के लोग हैं।

खुली हुई नाव

पहाड़ है, पीछे और सामने—दूर तक फैला हुआ।

पहाड़ से लगा हुआ है यह ओपन एअर कॉफी हाउस।

''ऐसी खूबसूरत जगह पर बैठ कर तुम और मैं कभी बीयर पी रहे होंगे, मैंने सोचा नहीं था,''... मैंने कुछ प्रयत्न के बाद कहा और बाहर देखने लगा। सामने ढलान पर लगे हुए चीड़ वन और झरे हुए पीले पत्ते क्षितिज तक दिखाई दे रहे थे। मेरे सामने किरण का चेहरा था और उसके बाल हवा में हिल रहे थे। दोनों के बीच बीयर के दो गिलास थे। वह बहुत देर तक बीयर का रंग देखती रही। अपनी उँगलियों से गिलास को मेज पर रख कर घुमाते हुए, जितनी देर वह गिलास को देखती, उतनी देर मैं उसे देखता रहा। उसको और उसके पतले होठों को।

''इतनी जल्दी मैं तुमसे अनौपचारिक होने की कल्पना नहीं करता था'', मेरे यह कहने पर वह मुस्कराई थी और बीयर का एक लम्बा घूँट गले से नीचे उतार लिया था। आधा गिलास खत्म होने तक वह कुछ नहीं बोली। उसने अपने आप को मुक्त मन से देखने दिया था। आधे गिलास के बाद उसने अपनी उँगलियों से चश्मे के भीतर झपकती अपनी आँखों को तीन-चार बार ऐसे ही मला ! गिलास में आखिरी पैग था, तब उसने कहा, ''आपने बीयर पीने का प्रस्ताव इतनी देर में क्यों रखा।'' ''इतनी देर में ?'' मैं चौंका था। उसने सहज भाव से खाली गिलास अपने गालों से लगाया था और ठण्डी बीयर को अनुभव करती हुई गालों से होकर अपने होठों तक ले गई थी। गिलास वहीं रोक कर, चश्मे के भीतर से अपनी आँखें उसने मेरे चेहरे पर टिका दी थीं। उन आँखों

में इतनी एकाग्रता थी कि मैं एकाएक उससे आँखें नहीं मिला पाया। रूमाल निकालकर ऐसे ही अपने होठ पोंछे थे और बेवजह रूमाल खोलकर उसकी तह करने लगा था। मेरी दृष्टि जब भी उसकी ओर जाती रही, वह मुझे उसी एकाग्रता से देखती दिखाई देती रही। बस मेरे देखने पर आँखें झपका लेती। गिलास में पड़ी बीयर एक सुनहरी झील थी, जिसमें रंग-बिरंगी कई मछलियाँ दूर-दूर तक तैर रही थीं। अदृश्य। कुछ मेरी, कुछ उसकी। बहुत देर तक मैं उन मछलियों को तैरता अनुभव करता रहा। अभी थोड़ी बीयर बोतल में बन्द थी और बाकी हम दोनों के बीच बह रही थी। ठीक समुन्दर की तरह। जिसके दूसरे किनारे पर उसका चेहरा सूर्योदय की तरह दिखाई दे रहा था।

उसने अपनी बोतल से मेरा गिलास भर दिया था। मेरी इच्छा हुई थी कि मैं भी ऐसा कर दूँ। मैं कुछ करता, इससे पहले ही उसने गिलास मेरी तरफ बढ़ा दिया। उसकी उँगलियाँ पूरी तरह से गिलास को घेरे हुए थीं। बिना उँगलियों को छुए मैं गिलास नहीं ले सकता था। कोमल उँगलियों के हल्के-से स्पर्श से उत्कट अनुभव को पकड़ते हुए मैंने उसकी तमाम उँगलियों को अपनी मुट्ठी में सहेज लिया था। उसने मेरी तरफ देखा था और मुस्कराई थी। अपना गिलास उसने फिर भर लिया था। मेरी दृष्टि अब उससे हट कर सामने बैठी एक लड़की पर टिक गयी थी। वह लड़की इससे भी खूबसूरत थी, लेकिन संकोचवश मैं उसकी ओर अधिक देर तक देख नहीं पाया था। तभी समाने से एक मारुति आकर रुकी। उसमें से एक लड़का निकला। उसे देखते ही किरण ने धीरे-धीरे खाली होते हुए गिलास को एक साथ गले से नीचे उतार लिया और मेरी तरफ गरदन हिलाते हुए, उस लड़के की ओर हाथ हिलाया। लड़का उसके पास तक आया था। वह खड़ी हो गई। लड़के ने उसके दोनों हाथ अपने हाथों में ले लिए थे और वे दोनों कुछ कदम आगे जाकर एक ओर खड़े हो गए थे। मैं उसे न रोक सकता था, न ही उससे कुछ कह सकता था। किरण की शिकायत में लिखा वह पत्र मेरी आँखों में खुल गया, जो कॉलेज मैनेजमेंट के पास पहुँचा था... वह रात को एक बजे के आसपास कॉलेज पहुँची थी। शराब में धुत्त। उसके कपड़े अस्तव्यस्त थे। चपरासी को गन्दी-गन्दी गालियाँ बकती हुई, लड़खड़ाती हुई वह अपने फ्लैट में चली गई थी।... फिर शुरू हुआ था अफवाहों का

बवण्डर... कि किरण कहाँ गई थी इतनी रात को ? किसके साथ गई थी ? वह तो आये दिन जाती रहती है... इसी तरह... । वह अकेली रहती है। अकेली इसलिए भी कि शादी की पहली ही रात को अपने पति का घर छोड़ कर वापस आ गई थी।

मेरा गिलास अब भी भरा हुआ मेरे सामने रखा था। उस पार कोई नहीं था। सिर्फ दूर तक फैले झरे हुए सूखे पत्ते थे। एक ओर वह लड़का खड़ा था किरण की कमर में हाथ डाले। उन दोनों के होंठ हिल रहे थे। बेफिक्री में बातचीत करते हुए। इस स्थिति में जड़ा हुआ मैं सोच रहा था कि वह मेरे साथ क्यों आई है ? या मैं उसके साथ क्यों आया हूँ ? या मेरे रहते वह वहाँ क्यों हैं उसके साथ आखिर क्या है जो मुझसे यहाँ उसे नहीं मिला, और क्या है जो उसे मिल रहा है वहाँ...?

मैंने एक साथ आधी बीयर हलक से नीचे उतार ली। मेरी इच्छा हुई थी कि बीयर यूँ ही पड़ी छोड़कर बाहर निकल जाऊँ, खड़ा रहने दूँ उसको यहीं। लेकिन मैं कुछ नहीं कर सका था, वह कुछ देर बाद वापस आ गई थी। सामने बैठकर उसने अपनी दोनों हथेलियों से अपने बाल पीछे किए और चश्मा उतार कर मेज पर रख दिया था। मुझे उसका चेहरा घिनौना लग रहा था। पुते हुए मेकअप के उतार तक पहुँचा हुआ जर्द चेहरा। उसने चश्मा लगाया। फिर मेरी ओर देखकर मुस्कराई। लेकिन उसकी इस मुस्कराहट का कोई असर मुझ पर नहीं हुआ। बल्कि क्रोध ही आया। शायद वह समझ गई थी। उसने बिना किसी सन्दर्भ के कहा, "वह मेरा भाई है। भाई मतलब भाई की तरह। मैं और वह एक ही शहर के हैं। मेरे साथ ही पढ़ता था। शादीशुदा है। बच्चे पंजाब में हैं। यहाँ अकेला रहता है।" मेरी इच्छा हुई कि कहूँ, इसी के साथ रहती हो देर रात तक। मुझे पता था कि मैं उससे कुछ नहीं कह पाऊँगा। सो चुप ही रहा। दरअसल मैं कहीं न कहीं उससे जुड़ना चाहता था।

हम दोनों सड़क पर थे।

चलते हुए अनुभव होने लगा कि सिर में बादलों-भरा आकाश बन्द है। बाहर से छूती हुई हवा भीतर के बादलों को इधर से उधर थोड़ा हिला देती थी। काफी दूर तक यों ही चुपचाप निकल आए थे। कुछ देर बाद मेरी इच्छा होने

लगी थी कि मैं भी उसकी कमर में हाथ डाल कर चलूँ। मैं भी आज उसके साथ वह सब करूँ, जो मैंने उसके बारे में सुना है। मेरे अनुसार या उन बातों की मार्फत जो मुझ तक पहुँची हैं। चुप्पी का सिलसिला लगातार बना हुआ था। उसने एकसाथ मेरी चुप्पी तोड़ दी, जब उसने अपनी उस सहेली का ज़िक्र किया जो कि पूरी तरह फ्लर्ट है। उसके साथ कभी-कभी आकर रहती भी है। "तुम दोस्ती करोगे उससे ?" उसने पूछा था। "तुम से तो ठीक से दोस्ती कर नहीं पा रहा हूँ...", मैं बड़बड़ाया था। "ठीक से दोस्ती कैसे होती है ?" उसने पूछा था। "ठीक से दोस्ती, यानी..." मैं कुछ अटक गया। एक छोटे-से पत्थर को सड़क पर लुढ़काते हुए वह बोली, "कहाँ तक..."। और जोर से हँसने लगी। उसने मेरी हथेलियाँ अपने हाथ में ले ली थीं। मैं ठिठक गया था। मैं भूल गया था कि मैंने उससे क्या पूछा था। मैं उसके हाथों की पकड़ को महसूस भी नहीं कर पाया था। "तुम ठीक से दोस्ती का अर्थ मुझे बता ही नहीं सकते, क्योंकि तुम्हारे सामने मैं वह नहीं हूँ, जो वास्तव में मैं हूँ।" वह फिर हँसी थी अपराजेय-सी हँसी। कुछ रहस्यमयी और दृढ़। मैं उसका चेहरा देखता रह गया। वह कौन थी ? मैंने सोचा। वह एक छोटी-सी पुलिया पर बैठ गई थी। मैं भी। एक छोटे-से पत्थर को उठाकर उसने पुलिया के नीचे से बहती हुई नहर में फेंका। फिर मेरी ओर देखकर बोली, "मैं अपने मम्मी-पापा की इकलौती बेटी थी। बहुत सालों बाद तक जब उनके कोई सन्तान नहीं हुई थी, तो उन्होंने मुझे गोद ले लिया था। कुछ सालों बाद एक भाई आ गया। यह मेरे पापा की वास्तविक संतान थी। मेरा प्यार और अपनापन धुँधला हो गया। मैं भी इस छोटे-से भाई के सामने धीरे-धीरे धुँधली पड़ गई थी। धुँधलाहट में मैंने सिर्फ किताबें पढ़ी थीं। हाँ, वे किताबें मैंने ध्यान से पढ़ी थीं। मैं हॉस्टल भेज दी गई थी। मेरी जरूरत अब वहाँ रह नहीं गई थी शायद। भाई को डॉक्टर बनाने की चिन्ता परिवार के उत्साह के साथ चर्चा का विषय हुआ करती। मैंने एम. ए. किया था, जिसमें यूनिवर्सिटी भी टॉप की थी। लेकिन हॉस्टल से मुझे मुक्ति नहीं मिली। कॉलेज की प्रिंसिपल ने मुझे लीव वेकेन्सी में लेक्चरर रख लिया था और हॉस्टल-वार्डन भी बना दिया था। मैं यह थी।... फिर मैं धीरे-धीरे यह नहीं रही। हॉस्टल की एक रात तीन पत्रकारों का आना। गर्मागर्म चर्चा करना और हॉस्टल से भागी हुई एक लड़की

की खबर से अखबार रंग देना... मेरे लिए ऐसा था मानो वह भागी हुई लड़की मैं ही थी।..." वह कहीं दूर से बोल रही थी। चुपचाप नहर के पानी को बहता देखती हुई। मुझे वह एक अच्छी लड़की की तरह लगने लगी। लड़की जिसके खूबसूरत होठ भी हो सकते हैं, आँखें भी, और हवा में हिलते हुए बाल भी।

जो उसने कहा, वह मुझे पहले से पता था। कॉलेज में कोई नग्न चित्र सप्लाई करता था। ऐसे चित्र हॉस्टल की लड़कियों के कमरों से बरामद हुए थे। प्रिंसिपल के सामने ऐसी दो लड़कियाँ पकड़ी गई थीं, जिनके शरीर पर कोई वस्त्र नहीं था। उन्हें कॉलेज से निकाल दिया गया था। किरण ने उनकी शिकायत वाले कागज पर हस्ताक्षर कर दिए थे। उन लड़कियों ने साफ-साफ यह कहा था कि हमारे साथ किरण भी अक्सर इसी तरह रात बिताती थी।

किरण पुलिया से उतरकर फिर सड़क पर आ गई। मैं उसके पीछे-पीछे चल रहा था।

गेस्टहाउस के कमरे में वह और मैं अकेले थे। रात हम दोनों ने साथ बिताई थी। सुबह मेरे लिए बहुत ताजगी-भरी लगी। किरण नहा-धोकर तैयार हुई। हम दोनों ने बैठकर चाय पी और सेमिनार के लिए तैयार होकर बाहर निकले। रातभर वह मेरे साथ क्या करती रही, रात भर मैंने उसके साथ क्या किया ? हम दोनों एक कमरे में रहे। सुबह एक साथ कनवेंशन हॉल में गए। एक साथ लंच में बैठे। एक साथ केन्टीन गए।... 'एकसाथ' और 'रात' के मायने बहुत-सी नजरों में प्रश्नवाची पेड़ की तरह उगने लगे थे। लोगों की मुस्कराहटें, शरारती व्यंग्य और तरह-तरह की अटकलें उस पेड़ पर चिड़ियों की तरह चहचहाने लगी थीं। लेकिन मैं जानता हूँ कि मैंने उस रात क्या किया था और किरण जानती है कि एक कमरे में वह मेरे साथ कैसे रही। अगर उन शंकित नजरों के सामने मैं वह पूरी रात खोल के भी रख दूँ, फिर भी वे लोग अपनी शंकाओं से भरी रात को अपने आप से अलग नहीं कर पायेंगे। मैं भी उन्हें क्यों इन शंकाओं से बाहर निकालूँ, किरण के लिए। उसे भी इसमें कोई दिलचस्पी नहीं थी। वैसे यह सच है कि मैं इस संभावना के साथ उसके साथ रहा था कि वह सभी कुछ घटित हो, जो मैं किरण के बारे में औरों से सुनता आया हूँ।

लेकिन किरण वैसे ही रही, जैसी वह थी।

सेमीनार के बाद हम लोग वापस अपने शहर चले आए।

कुछ दिनों बाद मैं उसके फ्लैट पर गया था। सीढ़ियाँ चढ़कर छोटे-से ड्रांइगरूम में पहुँचा। वह अकेली थी। लेकिन बैडरूम से सिगरेट का धुआँ परदे के एक ओर से इधर को आ रहा था। यह किसी पुरुष के वहाँ होने का संकेतक था। मैं जानता था कि उसकी कोई सहेली सिगरेट नहीं पीती। मैंने अनुमान किया कि यह उसका भाई ही होगा। वह इधर बैठकर अखबार पढ़ रही थी। अखबार उसने खुला ही छोड़ दिया और मुस्कराती हुई फ्रिज तक गई। मेरे लिए पानी लेने। सामने की दीवार पर लगा इन्दिरा गांधी का बड़ा-सा पोर्ट्रेट बरबस ही ध्यान खींच रहा था। एक ओर गुरुदेव रवीन्द्रनाथ टैगोर का चित्र था। संक्षिप्त-सी उसकी दुनिया में कुछ किताबें थीं, कुछ पत्र-पत्रिकायें, कोने में रखा टीवी सैट और उसके नीचे रखा हुआ वीसीआर... कुछ कैसेट्स... बस।

मैंने यों ही घड़ी देखी। शाम के सवा सात थे। मैं जब घर से निकला था तो सोच रहा था कि वह नहीं मिलेगी। क्या पता शॉपिंग करने निकल गई हो, या कहीं घूमने। "रतन !...", उसने पानी मेरे सामने रखते हुए अपने भाई को आवाज दी। परदा हिला और लुंगी-कुर्ते में वह बैडरूम से बाहर निकला। साँवला रंग, गोल चेहरा, जलती-सी बड़ी-बड़ी आँखें, बढ़ी हुई कुछ कुछ लटकी मूँछें। शरीर कुछ-कुछ स्थूल। थुल-थुल कह लें तो भी कोई हर्ज नहीं। नाटा-सा कद। मैंने उसे इतने गौर से पहली बार देखा था।

"ये हैं डॉक्टर साहब। और ये है मेरा भाई रतन 'रतन गुप्ता।' "परिचय उसने ही कराया। मुझसे हाथ मिलाते हुए, "ग्लैड टु मीट यू", कहा था उसने और हँसने की बनावटी-सी कोशिश की थी। यह वाक्य उसने बड़ी जोर से बोला था। जोर से बोलने की उसकी आदत थी शायद। कैसा असभ्य-सा प्राणी है ये। मैंने सोचा। बड़ा अरुचिकर-सा लगा उसका व्यवहार भी। वैसा ही बैठने का ढंग। बोलने, बात करने, देखने और बेमतलब की बकझक करने की उसकी आदत। पहली ही दृष्टि में वह मुझे कोई शातिर व्यक्ति लगा। उसने सिगरेट

जला ली थी और लम्बा-सा कश खींच कर धुएँ को अपने चौड़े मुँह में कैद कर लिया था। उसके गाल फूले हुए ऐसे लग रहे थे जैसे कोई सपेरा बीन बजाते हुए मुँह फुला लेता है।

"आप दोनों बातें कीजिए, मैं थोड़ी-थोड़ी कॉफी बना लाती हूँ।" एक मोहक मुस्कान के साथ किरण उठकर चल पड़ी। शायद वह मेरे मनोभाव ताड़ गई थी, इसलिए सामने से उठ जाना चाहती थी। "ना रहने दो...", मैंने उसे रोकना चाहा, पर वह रुकी नहीं। "बहुत थोड़ी-थोड़ी है।" वह वैसी ही भरपूर मुस्कान के साथ किचिन में चली गई। हल्के से परिचय की उस टूटी-फूटी दीवार पर बैठे हम दोनों आखिर क्या बात करते। अचानक रतन ने सिगरेट का धुआँ बाहर छोड़ा छत की ओर और वहीं देखते हुए लगभग चिल्लाया, "और कहिए क्या चल रहा है ?" उसका स्वर वैसा ही खुरदुरा था, जैसा वह स्वयं था। कहीं आत्मीयता का अंश नहीं, न कहीं मानवीय स्पर्श वाले शब्द। बिल्कुल सपाट, अनघड़ और लुढ़कते लापरवाह से शब्द। मन में आया कि उसके इस सामान्य से प्रश्न का कोई उत्तर न दूँ। कैसा अनुभव करेगा यह तब ? खिसियाया-सा और अपमानित। लेकिन मैंने अपनी तल्खी को भरसक जज्ब करते हुए, थोड़ा-सा मुस्कराकर उत्तर दिया, "ठीक है सब। पूर्ववत्।"

"आप तो पत्रकार हैं न ?" उसने ऐसे पूछा, मानो मुझे मेरे बारे में ही जानकारी दे रहा हो तो किरण ने उसे मेर बारे में सब कुछ बता दिया है। मुझे किरण पर क्रोध आने लगा था। भला इस आदमी को मेरे बारे में कुछ भी बताने की जरूरत क्या थी ?

"अरे साहब, ज़र्नलिज्म अब वैसी नहीं रही, जैसी कभी हुआ करती थी। कुछ भी लिखते रहो, कोई नोटिस नहीं लेता। न कोई परवाह करता है। और पत्रकार भी तो ऐसे ही हैं..." वह जैसे मुझे सुनाते हुए कह रहा था।

"साला मुझे ही सुना रहा है।" मैं अपने भीतर ही भुनभुनाया। लेकिन कभी-कभी हमें ऐसे लोगों को भी झेलना, सहना पड़ जाता है, जो हमारी इच्छा से इतर होते हैं।

"बाइ द वे, आप क्या करते हैं ?" मैंने लोगों से सुन तो रखा था कि वह कुछ नहीं करता, लेकिन मैं उसके मुँह से ही सुनना चाहता था, देखें वह

क्या कहता है।

"कोछ नईं..." तड़ से वह बोला और उसने जोड़ा, जैसे अपनी सफाई दे रहा हो या काम करने को तुच्छ मानता हो, "मार्क्स ने कहा है किसी लेखक को जीने और लिखने के लिए जीविका जुटाने की कोई आवश्यकता नहीं है। हाँ जीविका के लिए लिखना आवश्यक है।" बेवकूफ आदमी मार्क्स का गलत कोटेशन बोल रहा था। बिल्कुल उलटा। और फिर वह लेखक है क्या ? मैं यही सोच रहा था कि वह समझाने लगा मुझे, "फिजिक्स में एम. एस-सी. किया था... हिस्ट्री, लिटरेचर, आर्ट... सब में पढ़ा है। चिन्तन करता हूँ। इधर-उधर लिखता भी हूँ। क्या है डॉक्टर भाई, मेरे यहाँ काफी पैसा है। बहोत...। इतना अपने बारे में कहते हुए शर्म आती है।..." वह सचमुच शरमा कर मुस्कराने लगा। फिर हँसा हिजड़े की तरह। ठीक बैंगनी रंग के होठ थे उसके, सिगरेट लगातार पीने से काले पड़ चुके थे। उनके बीच प्रकट हो गए थे उसके पीले भद्दे दाँत। एक दाँत में सोना लगा था। वैसा ही सोना किरण ने भी अपने एक दाँत में लगवा लिया है।

"वो क्या है डॉक्टर, मैं इदर एक आश्रम खोलना चाहता हूँ। आश्रम माने मन्दिर-धर्मशाला नहीं। स्कूल। बच्चों के लिए। जरूरतमन्द महिलाओं के लिए हॉस्टल, कताई-बुनाई-सिलाई केन्द्र। तुम काम करोगे मेरे साथ ? किरण करेगी। मेरे दस ऐसे आश्रम राजस्थान में इन्टीरियर में चल रहे हैं। यहाँ भी एक आश्रम इन्टीरियर में खोलने का है। तुम कोई अच्छी जगह बताओ न।"

रतन की बात पूरी हुई ही थी कि किरण कॉफी लेकर आ गई। कॉफी देखकर वह एकदम भड़क गया। कितनी बार बोला है, मेरे लिए कॉफी मत लाया कर। कड़क चाय पीता हूँ मैं। चल फेंक इसे... ।" उसने किरण को लगभग डपटते हुए कहा। किरण यंत्रवत् चाय बनाने चली गई। वह अपनी झेंप मिटाने के लिए मेरी ओर मुस्करा रही थी। बिल्कुल साफ खिसियाहट-भरी मुस्कान। मैं भीतर तक जल-भुन गया था। पर बाहर से मैं भी सिर्फ मुस्करा रहा था।

अब मैं सोच रहा था, आखिर क्यों इस फालतू आदमी की डाँट वह मेरे सामने लगभग बेइज्जत किए जाने की सीमा तक, सह रही है। उसका यह आदेश तत्काल पूरा करने चल पड़ी है। यह इसका पति होता तब भी शायद वह ऐसे

व्यवहार को सहन नहीं करती। लेकिन वह खुशी-खुशी उसके आदेश का पालन कर रही थी। क्यों ? इस क्यों का उत्तर पाना इतना सरल नहीं था। हाँ, सोचने के लिए एक उर्वर भूमि अवश्य उसने सौंप दी थी। वह विजय-भाव से बैठा अब भीं सिगरेट फूँक रहा था। यह उसकी तीसरी या चौथी सिगरेट थी। उसने अपनी आँखें छोटी करते हुए मेरी ओर देखा और बिना कुछ बोले मुस्कराने लगा।

"क्या है कि मैं इस बच्ची को कभी-कभी बहुत डाँट देता हूँ। कभी-कभी यह मुझे भी खूब डाँट पिलाती है, जैसे मेरी माँ हो । बाबा रे।" मुझे असमंजस में बैठा देखकर उसने जैसे सफाई दी।

किरण चाय ले आई थी। मैंने उसके चेहरे की ओर देखा। साफ दिखाई दे रहा था कि वह अपने आँसू पोंछ कर आई है। मेरे सामने अपना अपमान अनुभव कर रो पड़ी होगी। लेकिन नहीं चाहती थी कि मेरे सामने उसके आँसू बाहर आयें। या मैं उसके इस अपमान का सीधा भोक्ता और द्रष्टा बनूँ।

मेरा वहाँ अधिक देर तक बैठना कठिन हो गया। असहज-सा लगने लगा। जैसे-तैसे सामने रखी कॉफी पी। बीच-बीच में कुछ बातें हुईं। वर्ग-संघर्ष, भारत में क्रान्ति की संभावनायें, कला और समाज, संस्कृति-संरक्षण, देश में बढ़ता हुआ आतंकवाद, अलगाववाद आदि पर हल्की-फुल्की चर्चा। किरण तो लगभग चुप थी, रतन ही बोलता रहा था। वह हर बात के बीच में कोटेशन ज़रूर बोलता है, चाहे गलत ही क्यों न हो ! यह मैंने उससे इस पहली भेंट में जाना। पर किस विचारधारा का है, यह कहना कठिन है। किरण अपने सफेद चेहरे से उड़ी रंगत को बार-बार वापस लाने के लिए बीच-बीच में मुस्कराती रही। इस पूरे कालखण्ड में वह चुप थी और हम में से न किसी का समर्थन कर रही थी, न विरोध।

मैं चला। उससे हाथ मिलाया। वह सिगरेट अब भी पी रहा था। यों ही ठण्डे मन से उसने हाथ मिलाया था। उसकी ओर से और अपनी ओर से किरण ने कुछ अतिरिक्त गर्मजोशी जरूर दिखाई थी। लेकिन मेरे लिए बनावटी, बल्कि अपनी खिसियाहट पर डाले गए आवरण से अधिक वह गर्मजोशी और कुछ न थी। मैं मुस्कराकर सीढ़ियाँ नीचे उतर आया। मैंने मुस्कराकर उसे यह जरूर जता दिया था कि मैं उसके इस अपमान को जान चुका हूँ और इस लद्दढ़ किस्म के आदमी को कुछ नहीं समझता, जिसके चंगुल में तुम हो।

रास्ते भर मैं यह सोचता रहा कि, आखिर यह आदमी है क्या ? तर्क-वितर्क के बीच मैंने जानबूझ कर प्रगति-विरोधी बातें, प्रगतिशीलता के समर्थन में कहीं, तब भी वह "हाँ, बहुत ठीक कहा आपने, मैं इससे एग्री करता हूँ" कहता रहा। मार्क्स के गलत कोटेशन्स वह बोलता रहा। बीच-बीच में मैंने कई कोटेशन्स उलटे कहे, वह उछलकर उनका समर्थन करता रहा। मैंने देखा कि वह मुझ पर अपना प्रभाव जमाने के लिए कई मार्क्सवादी नेताओं के नाम ऐसे लेता रहा जैसे इसके खास मित्र हों। उनसे मिलने के प्रसंग, रोचकता के साथ सुनाता रहा। कुल मिलाकर मुझे लगा कि इस शेखचिल्ली के जाल में किरण फँस चुकी है। मुझे किरण की चिन्ता हो आई थी और कहीं न कहीं अपनी भी कि मेरे और किरण के बीच में यह तीसरा आदमी क्यों आ गया है ? इससे मुक्ति का कोई न कोई रास्ता ढूँढ़ना ही पड़ेगा।

शाम थी।

मिसेज गुप्ता अपने लॉन में बैठी थी बाहर। हाथों में अधबुना स्वेटर था। बाहर फाटक पर आ खड़ी हुई तीनों आकृतियों को देखकर उनके भीतर उल्लास का उजास फूट पड़ा। "चली आओ बिजलियो। इस वक्त कहाँ से चली आ रही हो ?" वे इन तीनों से लाड़ में बिजलियाँ ही कहती हैं। "चली तो आयें, पर पहले अपने गुप्ताजी को तो सम्हालो।" किरण का संकेत मिसिज गुप्ता के पास खुले बैठे उनके कुत्ते की तरफ था। तीनों एक साथ हँस पड़ीं। "बड़ी बदतमीज़ है", अंजु ने फुसफुसाकर किरण को लगभग डाँट दिया। मिसिज गुप्ता ने बुरा नहीं माना, "आ जाओ, तुम से कुछ नहीं कहेगा। रतन से अच्छा है, सूघँकर छोड़ देगा।" इतना ही कहा और हाथ की सलाइयाँ तथा ऊन कुर्सी के पास नीचे लॉन में रख दी। किरण कटकर रह गई, पर क्या कहती।

"और सुनाओ, कब आई अंजू ?" बैठने के साथ ही उन्होंने पूछा।

"आज ही दोपहर।"

"छुट्टियाँ हो गईं ?"

"जी हाँ, विन्टर ब्रेक शुरू हो गया है, सोचा इधर से ही घर निकल जाऊँ।"

"अच्छा किया।"

"गुप्ताजी नहीं हैं क्या ?"

"वे कल ही बाहर गए हैं।"

"तुम आते ही उन्हें पूछती हो, क्या चक्कर है अंजु ।" कामिनी ने अंजु को छेड़ा। अंजु चुप ही रही। मुस्कराई-भर। जवाब किरण ने दिया, "तुझे चिन्ता क्यों हो आई, दीदी कुछ कहें तो बात जायज है।"

"भई मुझे क्या चिन्ता। हम लोग इन दोनों के कुछ काम आ जायें तो हमें तो खुशी ही होगी।" कहने के साथ ही मिसिज गुप्ता उठीं और अन्दर चली गईं—थोड़ी-थोड़ी चाय बना दूँ, तब बैठेंगे। "बुढ़िया बड़ी चालू है," अंजु फुसफुसाई।

"दीदी आज क्या बात हो गई प्रिंसिपल से ?" चाय का कप उठाते हुए किरण ने मिसिज गुप्ता से पूछा।

"अरे क्या बताऊँ परसों आई है उल्लू की पट्ठी और मुझे चला रही थी...", मिसिज गुप्ता ने अपने मन की भड़ास निकाली, "हम यहाँ बाइस साल से घास नहीं छील रहीं, हमें एडमिनिस्ट्रेशन सिखा रही थी। मैंने तो खरा जवाब दे दिया। अपना काम देखो। मेरे डिपार्टमेंट का मामला है, मैं देख लूँगी। अपनी चमची की सिफारिश ले रही थी..." जब वे पूरी तरह खाली हो गईं, तो अपने आप चुहल पर उतर आईं, और उन्हें यह भी लगा कि यह किरण की बच्ची मुझे छेड़ने के लिए ही यह पूछ रही है, सो किरण से बोलीं, "तुम सुनाओ, रतन कैसा चल रहा है ?" सार्थक हँसी हँसते हुए उन्होंने किरण के चेहरे की ओर देखा। किरण को बुरा तो लगा पर कहती भी क्या, तुरन्त उसने जवाब दिया, "दीदी, तुम लोग तो बस सीधे सैक्स पर उतर आते हो। शादीशुदा औरतों के साथ यही दिक्कत है। जरा-सा सहारा मिला नहीं कि खोल लिए कपड़े। इससे ऊपर कोई बात ही नहीं सोच सकतीं।" चाहती तो मिसिज गुप्ता भी किरण की तरह चिढ़ सकती थी। लेकिन वे चिढ़ी नहीं पुचकारती-सी बोलीं, "ओहो, क्या कहने लल्ली। हम तो जैसे पैदा होते ही शादीशुदा हो गई थीं, हम नहीं जानती क्या..."।

"हद कर दी आपने दीदी," अंजु ने मिसिज गुप्ता को रोका। "तुम तो

सच किरण जैविक आवश्यकताओं को समझती नहीं हो," सीरियस दिखने की कोशिश करती हुई मिसिज गुप्ता किरण को परामर्श देने जैसे मूड में कहने लगीं, "तुम कहाँ राजनीतिविज्ञान जैसे सब्जेक्ट में चली गईं, हमारे साथ होतीं जूलॉजी में। सारी अनाटॉमी समझा देती मैं। यह अंजु भी इकनॉमिक्स में फिट नहीं है। कामिनी जरूर ठीक है मनोविज्ञान में। यह जानती है मन की बात। क्यों ?" कहकर, उन्होंने कामिनी की ओर देखा।

"और आप ?" कामिनी ने पूछा, तो अंजु बोली, "इनके लिए तो नया ही सब्जेक्ट शुरू करना पड़ेगा, इक्कीसवीं सदी में।"

"लड़कियाँ तो अभी से पढ़ने को तैयार हैं", कामिनी ने कहा। "क्या कह रही हो छीः। हमारी स्टुडेंट सुनेंगी तो हमारे प्रति क्या धारणा बनायेंगी ?" किरण ने बातचीत को यहीं विराम देना चाहा। पर मिसिज गुप्ता को आनन्द आ रहा था, "अंजु तो जानती है, वह हॉस्टल वार्डन है। क्या नहीं होता हॉस्टल में ?" कहने के साथ ही उन्होंने अंजु की ओर देखा। किरण बुझ गई। उसने अपना बचाव किया, "फिर भी दीदी, टीचर होने के नाते हमें थोड़ी नैतिकता तो रखनी चाहिए।"

मिसिज गुप्ता के यहाँ से निकलकर तीनों बाहर आ गईं। पल्टन बाजार की ओर पैदल ही चल पड़ीं। पहले उन्होंने घण्टाघर के पास वाली चाट गली में एक जगह खड़े होकर चाट खायी। चाट का प्रस्ताव कामिनी का था। फिर वहाँ से निकलकर एक स्वीटहाउस में बैठ गईं। गरमागरम गुलाबजामुन लीं। वहाँ से निकलीं तो सरस्वती रेस्टोरेंट में बैठ गईं। एक-एक डोसा लिया। यों समय अधिक नहीं हुआ था, लेकिन सर्दियों में अधेरा जल्दी उतरने लगता है। धूप आज वैसे भी मटमटी थी। बादल घिरे खड़े थे। रेस्टोरेन्ट से बाहर निकलते ही हल्की बूंदा-बाँदी शुरू हो गई। चिन्तित होते हुए कामिनी ने कहा, "चलो अब लौटते हैं। मेरे घर चिन्ता हो रही होगी। बारिश आ गई तो भीग जायेंगे।" किरण बोली, "भीग जायेंगे तो कोई बात नहीं। अंजु घूमने आई है और तुम घर की रट लगाए हो।" अंजु ने जैसे मध्यस्थता की, "ठीक ही तो कह रही है। मेरा क्या है, कितनी बार तो घूम चुकी हूँ देहरादून। फिर बारिश भी तेज आने वाली है। चल लौटते हैं।" तभी सामने से त्रिवेदी जाता हुआ दिखा। कामिनी

ने किरण को कोहनी मारी—"देख।" किरण ने बुरा-सा मुँह बनाया, "चूतिया है।" अंजु ने किरण से कहा, "चुम्बन तक तो ठीक था, पर उसने तो तेरे साथ सब कुछ कर डाला। चिचू।" किरण ने लापरवाही से सिर्फ इतना ही कहा, "कुत्ते की तरह महीनों से पीछे लगा था, मैं क्या करती।" कामिनी ने चुटकी ली, "बड़ा पछताया होगा बेचारा।" लगता भी क्लाउन-सा है। किरण को संजीदा होते हुए देखकर अंजु बोली, "देखो ये जिन्दगी से जुड़े सवाल हैं, इन्हें मज़ाक में मत लो।" तीनों त्रिवेदी को फिर इधर ही आता देखकर खिलखिला कर हँस पड़ीं। वह नजर बचाकर दूसरी गली में घुस गया।

लौटते-लौटते आठ बज गए। कामिनी को उसके घर छोड़ते हुए किरण अंजु को लेकर अपने यहाँ आ गई। कपड़े बदले हीटर ऑन किया और दोनों बिस्तर में बैठ गयीं। थोड़ी देर बाद किरण ने उठकर चाय बनाई खाने की इच्छा दोनों की ही नहीं थी। टी. वी. ऑन किया। समाचार चल रहे थे। "सीरियल आज कोई खास नहीं है, चलो कोई फिल्म लगा लेते हैं।" कहकर किरण उठी और उसने रैक से एक अंग्रेजी फिल्म का कैसेट निकाल कर लगा दिया। लाइट ऑफ करके नाइट लैम्प जला दिया। दोनों बिस्तर में घुस कर फिल्म दखने लगीं। सर्दी तेज थी। बाहर बारिश भी जोरों की थी। छोटी फिल्म थी। खत्म कर, दोनों बिस्तर में घुस गईं।

नींद दोनों की आँखों में नहीं थी। पर आँखें बन्द होने-होने को थीं। हल्की-सी रोशनी देता नीले रंग का नाइट लैम्प जल रहा था। उस हल्की रोशनी में अंजु किरण को मुग्ध भाव से देख रही थी। वह देर तक उसे देखती रही। किरण सुन्दर लड़की है। साफ रंग-रूप दुबली-पतली देह। बड़ी-बड़ी स्वच्छ आँखें। पतले होठ। तीखी नाक।... और क्या होता है रूप ? यह सब मुझसे भी अधिक है इसके पास। फिर भला सत्येन ने इसे क्यों शादी के कुछ ही दिन बाद घर से निकाल दिया होगा ? बेचारी। किरण की गर्म साँसों में एक भीनी सुगंध उसे महसूस हो रही थी। उसने अपनी उँगलियों से उसकी भौंहों और होठों को धीरे से छुआ। किरण इस स्पर्श को अनुभव करती हुई चुपचाप पड़ी रही। उसे अच्छा लग रहा था। उसने अपनी आँखें थोड़ी-सी खोल रखी थीं। खिड़की के पर्दे के दाहिनी ओर से काँच पर पड़ती रोशनी पानी में घुल कर पुती हुई

थी। उसका पीलापन चुभ रहा था। पानी अब भी बरस रहा था। खूब। किरण के पतले होठों पर अंजु ने अपने होठ बहुत धीरे से रख दिए। इस सुखद स्पर्श को अपने भीतर पीते हुए, वह हौले से बुदबुदाई, "तू लड़के की तरह लगती है अंजु।"

अंजु ने देखा किरण के बाथरूम का दरवाजा लगभग खुला हुआ है। दरवाजे की दरार से फूटती रोशनी को वह मुग्धभाव से देख रही थी। उसने अँधेरे में ही रोशनी के ऊपर अपनी हथेली रख दी। उसे लगा रोशनी गर्म है और जीवित है। उसे रोशनी की धड़कन तक अनुभव हो रही थी। ठीक वैसी ही धड़कती रोशनी उसे अपने हाथों में तब महसूस हो रही थी, जब वह सर्दी से ठिठुर रही थी और उसके हाथ अपने आप अपनी जाँघों के बीच में पहुँच गए थे। उसे लगा कि इस समय किरण जिस जमीन पर पसरी पड़ी है, वह हिल रही है। उसके साथ उसका अपना शरीर भी काँप रहा है। वह देर तक इस कम्पन को सह न सकी और लड़के की तरह ही उसने किरण को अपने घेरे में ले लिया। किरण बहुत देर से यही चाह रही थी। वह उसके और करीब आ गई।

सर्दी से अंजु अब भी काँप रही थी।

"सर्दी ज्यादा लग रही है...?" काँपती-सी आवाज में किरण ने पूछा।

"हाँ,"... वैसी ही थरथराती आवाज अंजु के गले से रगड़ कर बाहर निकली।

किरण अंजु के बाहुपाश से धीरे-से मुक्त हुई और अल्मारी से व्हिस्की की आधी बोतल निकाल लाई। दो गिलासों में थोड़ी-थोड़ी व्हिस्की डालकर, पानी उँडेला और अंजु की ओर गिलास बढ़ाकर बोली, "ये ले ले..."। किरण ने दो लम्बे घूंटों में अपना गिलास खाली कर दिया, अंजु धीरे-धीरे सिप कर रही थी। तब तक किरण ने अपने लिए एक पैग और तैयार कर लिया था।

दोनों फिर बिस्तर में थीं।

फिर वही गुनगुनी गुलाबी रोशनी की धड़कन।

दोनों पता नहीं कितनी देर तक यों ही रहीं और धीरे-धीरे देह-विमुक्त

होती चली गईं इन्हीं क्षणों में जीती, खिड़की से बाहर कहीं निकल गईं। दू...र।

लौटीं तो लगा पसीने की झील में अपनी-अपनी नावें खेती हुई लौटी हैं और थक गई हैं। अब उन्हें नींद ठीक से आएगी।

भारतीय विद्यामन्दिर बालिका विद्यालय का प्रांगण।

आज शरदोत्सव पर एक विशेष आयोजन है। पूरा विद्यालय सजा-सवरा है। पीली-नीली-गुलाबी-हरी... कई-कई रंगों की झंडियों के बन्दनवार लगे हैं। लाउडस्पीकर पर देश-प्रेम के गीत बज रहे हैं। सफेद स्कूल ड्रेस में बालिकायें प्रफुल्लमना इधर-उधर बत्तखों की तरह तैर रही हैं। अध्यापिकायें आसमानी रंग की साड़ियों में लिपटी व्यवस्था-कार्य में व्यस्त हैं। एक अध्यापिका इधर-उध र बिखरी बालिकाओं को पंक्तिबद्ध कर रही हैं। मानो बिखर गए मोतियों की माला बना रही हो। सामने बड़ी मेज पर ताजा फूलों वाले चार गुलदस्ते रखे हैं। पाँच बड़ी कुर्सियाँ रखी जा चुकी हैं। मागक लगा दिया गया है। पीछे बैनर भी लग चुका है। यानी आयोजन की प्रारंभिक व्यवस्थायें हो चुकी हैं। मुख्य अतिथि की प्रतीक्षा है। बस अब आने को हैं, क्योंकि निर्धारित समय हो गया है।

तभी एक नारी स्वर ने घोषणा की... हमारे मुख्य अतिथि महोदय पहुँच चुके हैं, कृपया शान्तिपूर्वक अपना स्थान ग्रहण कर लें। मुख्य अतिथि हैं नगर के जानेमाने आर्यसमाजी स्वामी सेवानन्दजी। अपनी सफेद एम्बेसीडर में विद्यालय के प्रबन्धक उन्हें ले आए हैं। गाड़ी मुख्यद्वार पर आ कर रुक गई है। स्वामीजी पिछले दरवाजे से बाहर निकले, साथ में है किरण। सब मंच पर प्रतिष्ठित हुए। खादी के परिधान में लिपटे स्वामीजी, एक और कोई भद्रजन, विद्यालय के प्रबन्धक और प्रधानाध्यापिका के साथ बीच में बैठी किरण। केसरिया साड़ी में किरण बहुत भव्य लग रही थी। किसी तपस्विनी-सी। उदात्त, पवित्र और गरिमामय। चेहरे की कांति अवश्य कुछ फीकी थी, पर ललाट दमक रहा था।

कार्यक्रम आरम्भ हुआ। प्रधानाध्यापिका ने सभी का स्वागत करते हुए विद्यालय की प्रगति और आज के शरदोत्सव कार्यक्रम के विषय में दो शब्द कहे। मुख्य अतिथि स्वामी सेवानन्दजी का परिचय दिया। विशिष्ट वक्ता के रूप में आमंत्रित सुश्री किरण का परिचय देने के बाद अध्यक्ष से कार्यक्रम आरम्भ करने की अनुमति ली और सरस्वती-वन्दना के लिए विद्यालय की बालिकाओं को मंच पर बुलाया। संगीत के साथ सरस्वती-वन्दना गूँज उठीया कुन्देन्दुतुषार हार धवला या शुभ्रवस्त्रावृता,... समूचा वातावरण गरिमामय हो गया था। सब प्रशान्त भाव से मुग्ध हो वन्दना के स्वरों में डूब गए थे। वातावरण में धूप अगर के धूम्र से श्लोकमयी सुगन्ध चारों ओर प्रसारित थी।

सरस्वती-वन्दना के उपरान्त किरण का विशिष्ट भाषण आरंभ हुआ। उद्‌बोधन के स्वर में उसकी आवाज कुछ इस प्रकार गूँजने लगी।

"विकासोन्मुख भारत में नित्य नये आविष्कार हों। वैज्ञानिक उपकरणों का उपयोग मानव-हित में हो। हमें ऐसे सुयोग्य नागरिक तैयार करने हैं। सभी मिलजुल कर रहें। लाभ के अवसर सभी को समान रूप से मिलें। तभी विश्वभर में भाईचारा स्थापित हो सकेगा। जिस तरह पर्वत श्रृंखलाओं के बीच पावन गंगा प्रवहमान है, उसी तरह सभी दिशाओं में खुशियाँ, सुख की अपार लहरें फैलें। हमें यह कामना करनी चाहिए। विवेकशील पिता, स्नेहमयी मातायें अपनी संतति को सुशिक्षित, सच्चरित् बनायें। पुत्र और कन्या को एक समान समझ कर उन्हें अपार स्नेह दें। हमें समाज में यह चेतना फैलानी है।..."

खूब तालियाँ बजीं। कार्यक्रम करीब दो घण्टे चला। कार्यक्रम के बाद स्वामीजी, किरण और अध्यक्षजी उसी गाड़ी से वापस लौट गए। शाम को स्वामीजी की गाड़ी किरण को उसके फ्लैट तक छोड़ने आई। किरण ने स्वामीजी से अन्दर चलने का आग्रह किया, जिसे वे टाल न सके। थोड़ी देर रुककर चलने को हुए तो उन्होंने किरण के सर पर हाथ फेरते हुए कहा, "बहुत अच्छा बोलीं तुम। बहुत सुन्दर।" देर तक उसके केशों पर हाथ फेरते हुए उन्होंने उसके लम्बे केशों की भी प्रशंसा की। किरण की अंतरंग सहेली भी आज उसके साथ थी। दोनों स्वामीजी को दरवाजे तक छोड़ने आईं तो वे अपने आप को रोक न सके, लार टपकाते हुए-से उन्होंने फिर दोनों के सर पर हाथ फेरा, "बेटा तुम में से

छोटी कौन है, बड़ी कौन है..."। ठीक इसी समय कॉलेज का चपरासी राजशेखर पहुँच गया, "भैनजी, आप को बड़ी भैनजी बुला रही हैं।" बड़ा क्रोध आया किरण को। उसे "भैनजी" शब्द से ही चिढ़ है। कितनी बार वह कह चुकी हैं इस चपरासी से, पर वह मानता ही नहीं। लेकिन स्वामीजी के सामने उसने चुप रहना ही ठीक समझा। "ठीक है, मिल लूँगी।" इतना ही कहा।

थक गई थी किरण। लेकिन प्रसन्न थी। सामाजिक, सांस्कृतिक आयोजनों में उसे इतने सम्मान के साथ बुलाया जाता है, यह गौरव उसके साथ की टीचर्स को मिलता ही कहाँ है।

अल्मोड़ा।

होटल रॉयल।

हम दोनों—यानी, मैं और किरण, शाम सात बजे के आसपास इस छोटे-से खूबसूरत पहाड़ी शहर में हैं। इसी होटल में ठहरे हैं। मैं पहले आ गया था। तार देकर किरण को बुला लिया है। गजब की प्रतिबद्धता है उसकी। इस सिंसियरिटी को देखकर मैं अवाक् रह गया था। खूब तेज वर्षा और आँधी के बीच भी वह सुबह पाँच बजे की बस से चलकर अल्मोड़े पहुँच गई थी। मुझे उम्मीद नहीं थी कि वह ऐसे में आ सकेगी। मैं बुझा हुआ था, लेकिन दो दिन बाद शाम को उसे होटल रॉयल के काउन्टर पर देखकर मैं खुशी से लगभग झूम उठा था। यों मैंने सुना था कि वह रतन के बुलावे पर मेरठ, हिमाचल-प्रदेश के एक छोटे-से डाकबंगले में, लखनऊ के पास खरिका और न जाने कहाँ-कहाँ पहुँच जाती है, लेकिन आँधी-तूफान के बीच भी उसका इस तरह पहुँचना मेरे लिए आश्चर्यजनक था।

खाना खाकर हम लोग थोड़ी देर के लिए घूमने निकल पड़े। पहाड़ों के बीच, पहाड़ की पीठ पर बसा यह शहर अच्छा लग रहा था। ऊँचे-ऊँचे पेड़, दूर-दूर तक दृष्टि की पहुँच की सीमा पर फैले हुए पहाड़ों की श्रृंखलायें। सड़कें उतार-चढ़ाव और घुमावों वाली। कहीं बहुत अधिक पुरानी गलियाँ और मकान, कहीं आधुनिकता से युक्त।

लौटे। थकान तो थी, लेकिन किरण की बातों का लम्बा सिलसिला था। ऐसे में नींद जल्दी आनेवाली कहाँ थी। "अच्छा एक बात बताइए। मैं किसी और वजह से नहीं पूछ रही, बस जानना चाहती हूँ। आप इसे अन्यथा तो नहीं लेंगे ?" उसने अपने किसी प्रश्न की भूमिका इस तरह रखी।

"पूछो। कैसी बात करती हो तुम, भला मैं अन्यथा क्यों लूँगा। और तुम से कौन-सी बात बची है, जिसके लिए मैं अन्यथा लेने लगा ?"

"तुम्हारी पत्नी तुम्हारे साथ क्यों नहीं रहती ?"

क्या जवाब दूँ, सोच नहीं पा रहा था मैं। कहाँ से शुरू करूँ, और कैसे, क्या कहूँ ? यह भी समझ में नहीं आ रहा था।

"यों समझो, वह मुझे छोड़ गई है..." मैंने इतना ही कहा।

"लेकिन क्यों ?"

अँधेरे में मैं देख नहीं पा रहा था कि इस समय उसका चेहरा कैसा लग रहा है। न वह मेरा चेहरा देख पा रही थी। रोशनी होती तो शायद वह यह सवाल मुझसे न पूछ पाती, न मैं उसे इतना-सा भी जवाब दे पाता। अँधेरा हमें कितना सहारा और कितना साहस दे देता है। हम उसमें कहाँ से कहाँ, कितनी ही दूर तक निकल जाते हैं।

"ऐसे ही समझ लो, कुछ उसका अहं, कुछ मेरा।"

"एक बच्ची भी थी न ? तुम्हें याद नहीं आती उसकी ?"

"आती है कभी-कभी, पर क्या किया जा सकता है ?"

खामोशी थोड़ी देर तक टगी रही। उसे अपने प्रश्न का पूरा उत्तर नहीं मिला था। मैं पता नहीं किस खाई में गिरा पड़ा था। प्रयत्न करूँ तो भी नहीं निकल पाता। प्रयत्न भी क्या करता ? यह भी नहीं सूझ रहा था।

"अच्छा ऐसा क्यों होता है कि हम लड़की से ही सुन्दर होने की अपेक्षा करते हैं, पुरुष से नहीं ?"

उसके शब्द मेरी ओर आये। लगा बहुत देर बाद उसने मुझे आवाज दी है। आवाज भी ऐसी कि उस आवाज की बाँहें थामकर चुप्पी की खाई से निकलने का मन ही नहीं हो रहा। लेकिन उस खाई में दम घुट रहा था, सो पहले उसके शब्दों को थामकर उससे बाहर निकल आऊँ, ऐसी इच्छा हुई।

"नहीं मैं कम से कम ऐसा नहीं मानता। मैं तो आदमी के भी सौन्दर्य का पक्षधर हूँ।" मैंने कह तो दिया, लेकिन उसका प्रश्न इतना सरल था नहीं। उसके भरपूर प्रश्न का उत्तर मुझे स्वयं भी अधूरा-सा लगा।

उसके कुछ कोने ऐसे भी थे, जो मुझे चुभ सकते थे। मैं अँधेरे में अपने चेहरे को टटोलने लगा। सोचने यह भी लगा कि इसने मेरी पत्नी को भी एक-दो बार देखा है...। उसने मेरे मन की ऊहापोह को पकड़ लिया, बोली, "मैं आप की बात नहीं कर रही। आप अच्छे हैं, आपकी पत्नी भी..."

मुझे सुनकर आश्वस्ति हुई।

"मैं तो एक सामान्य बात कह रही थी कि हमारा समाज स्त्री को ही सुन्दर देखना चाहता है, ऐसा क्यों है ?" उसने जोड़ा। अब उसने मुझे सुविध ा दे दी थी। प्रश्न लेकिन अब भी अपने उत्तर की प्रतीक्षा में खड़ा था।

"सौन्दर्य को, किरण, मैं देह से अलग मस्तिष्क से जोड़ता हूँ। यों समझो कि एक पागल स्त्री या पुरुष रूप देहयष्टि किसी में भी कम नहीं है, लेकिन क्या हम उसे सुन्दर कहकर अपना लेंगे ? सौन्दर्य का बोध भी मस्तिष्क ही करता है। किसी भी वस्तु को देखें, उसकी सबसे पहले प्रतीति हमारी बुद्धि को ही होती है। जब तक हमारी बुद्धि यह निर्णय नहीं देती कि यह वस्तु ऐसी है, तब तक हम उसे सुन्दर-असुन्दर नहीं मानते।"

मेरे कहने को वह ध्यानपूर्वक सुन रही थी।

"सुन्दर केवल देह नहीं, मन भी होना चाहिए, वाणी भी। हमारे प्राचीन ग्रंथों में पुरुष-सौन्दर्य का भी पर्याप्त वर्णन मिलता है। कलाकृतियों में पुरुष-सौन्दर्य के लिए भी पूरा स्थान रहा है। अंग प्रत्यंगों के अनुपात से लेकर भावों के सौन्दर्य तक..."

"ये तो किताबों की बातें हैं। व्यावहारकि दुनिया की बात बताइए..." वह बीच में ही बोली।

"मैं तो अपनी बात जानता हूँ। मैं तुम्हारी बुद्धिमत्ता को बहुत मानता हूँ, तभी तो तुम इतनी सुन्दर हो। पूरी तरह। तभी तो मैं..." मैंने यह कहते हुए उसके होठों को जोर से चूम लिया।

"रहने दीजिए, आप व्यक्तिकेन्द्रित हो गए। मैं सामान्य बात कर रही

थी..." वह कुनमुनाई। उसे अच्छा लगा होगा भीतर जरूर, पर लगा नहीं प्रत्यक्ष कि ऐसा है, क्योंकि अब उसकी एकाग्र जिज्ञासा बिखर गई थी।

"सच तुम बहुत सुन्दर हो, बहुत अच्छी..." मैंने गहन भाव से कहा और उसको एक साथ कई बार, कई बिन्दुओं पर चूम लिया, माथे पर, गालों पर, होठों पर, आँखों पर, बालों पर, गर्दन पर...। मुझे यह करने में ताजगी नहीं अनुभव हुई। बड़ा शिथिल-सा, थका-सा, बासी-सा और फीका-सा निर्गन्ध, तटस्थ व्यापार था। बड़ी निराशा हुई। मन हार गया, देह अनुभव ही नहीं हुई।

"अच्छा एक बात बताइए," कुछ रुककर वह फिर पूछने लगी, "एक बच्चा है। उसे हम सब प्यार करते हैं। आप भी, मैं भी। कोई पड़ोसी भी। तब हमें अच्छा लगता है कि देखो हमारे बच्चे को सब प्यार कर रहे हैं। लेकिन एक युवा लड़की को, सिर्फ एक ही व्यक्ति प्यार करना चहता है। ऐसा क्यों ? हमें बुरा क्यों लगता है ?"

उसका यह प्रश्न .हले जितना ही दुरूह, बल्कि उससे भी अधिक सोचने वाला था। मैंने सोच कर जो उत्तर दिया, वह यों शुरू हुआ, "इसके मूल में शायद हमारी आदिम वृत्तियाँ हैं। जंगल में रहने वाला जानवर था मनुष्य, तब वह अपनी मादा पर किसी को हाथ नहीं लगाने देता था। यों समझो कि स्वामित्व की सामन्ती भावना के कारण ही ऐसा होता है।"

"आपकी बात किसी सीमा तक ठीक है, लेकिन जानवरों में सब जगह ऐसा नहीं मिलता। वहाँ तो सब साथ-साथ रहते हैं।"

"हाँ, ये तुम ठीक कह रही हो, लेकिन यह सत्ता की, सम्पत्ति की तरह हैं। या कहें जिसे हम सुरक्षा देते हैं, अपना सर्वाधिक प्रिय मानते हैं, उसे क्षति न हो, इसलिए उस पर एकाधिकार रखना चाहते हैं। मैं इस दूसरी बात को ज्यादा महत्त्वपूर्ण मानता हूँ।"

"........................"

"जैसा तुम कह रही हो, ऐसा सब जगह नहीं मिलता। सच है। यह सभ्य जानवरों में ज्यादा मिलता है।"

कहते हुए मुझे यह ध्यान आ गया कि वह अपने बचाव की ओर सचेत है। शायद उसने इसीलिए यह प्रश्न पूछा है। सो मैंने उसे सामने रख कर समझाया,

"मान लो तुम हो। तुम यही कहना चाहती हो न, कि तुम्हारा भाई रतन तुमसे प्यार करता है, मैं भी। वह इस बात को बर्दाश्त नहीं करता, मैं भी बुरा मानता हूँ।... इसी तरह और भी कुछ लोग होंगे तुम्हारे। तुम चाहती हो कि मैं उनका बुरा न मानूँ ?"

"छोड़िए मैं आप से बात नहीं करती। आपके दिमाग में तो बस यही एक बात घुसी हुई है। मैं व्यक्तिगत बात बिल्कुल नहीं कह रही। एक सामान्य-सा सवाल कर रही थी, जिसका उत्तर मेरी समझ में नहीं आ रहा था..." कहकर उसने दूसरी ओर मुँह कर लिया।

मेरा मन कड़वाहट से भर गया। लेकिन मैं उसे रुष्ट नहीं करना चाहता था, न उसका मन दुःखाना चाहता था। मैंने लगभग सफाई देते हुए कहा, "अपने उदाहरण सामने रखकर सोचने से यह बात ज्यादा स्पष्टता के साथ समझी जा सकती थी, इसलिए मैंने कहा था। खैर, तुम नाराज हो गईं, अब ऐसा कुछ नहीं कहूँगा। ठीक है ?"

"..............................."

थोड़ी-सी चुप्पी के बाद उसने कुछ और पूछा, लेकिन मैं चुप ही रहा। उसने धीरे-से मनाने वाले स्वर में मुझसे पूछा, "नाराज हो गए, क्षमा कर दीजिए। पता नहीं क्या कह बैठी।" लेकिन मैं उसी तरह काठ बना पड़ा रहा। उसने कुछ रुककर मेरे पास आते हुए कहा, "हम जानवर बनकर ज्यादा प्यार कर सकते हैं, हैं न ?" मैंने उसकी इस बात पर कोई ध्यान नहीं दिया। उसका हाथ मुझे छूने आया, रखा रहा, लौट गया। फिर वह बाकी समय चुपचाप पड़ी रही। हो सकता है उसे लग गया हो कि मैं उसकी बातों और उसमें कोई रुचि नहीं ले रहा।

और यों ही वह रात चली गई... उसके लिए पूरी तरह तमाम इच्छाओं और उम्मीदों को गिराती हुई। उसको कहीं भीतर तक खोखला करती हुई। रॉयल होटल के कमरा नं. 10 की छत के नीचे।

मैं सुबह जल्दी जग गया। वह अभी तक सोयी पड़ी थी। मैंने उसे सोने दिया।

अस्तव्यस्त कपड़ों में। मेरी इच्छा हो रही थी कि कमरे का दरवाजा खोलकर बाहर से बन्द कर दूँ और घूमने निकल जाऊँ। लौटकर आने तक तो यह जग ही जायेगी। पर यह सोचकर रह गया कि ऐसा करना इसे बेहद अपमानजनक और बुरा लगेगा। मैं ऐसा कोई काम जानबूझ कर नहीं करना चाहता था, खासतौर पर तब जब कि मैंने ही उसे यहाँ बुलाया था। मैंने खिड़कियाँ खोलकर परदे एक ओर सरका दिए। ताजी और ठण्डी हवा भली लग रही थी। अपनी कुर्सी खिड़की के पास लगा ली। मैं सूर्योदय का दृश्य देखना चाहता था, लेकिन वह यहाँ से नहीं दिखा। दिन के धीरे-धीरे उदित होने का आभास ही हो रहा था। अंधकार की छायाओं को पोंछते प्रकाश का प्रभाव मन को रंग रहा था। मैं बहुत दूर तक देख रहा था। हिलते हुए फूल, पत्तों, कलियों से लेकर तितलियों, भौंरों और चिड़ियों तक प्रकृति के सब अंश नयी स्फूर्ति के साथ अपने आप को आज के लिए तैयार कर रहे थे।... तभी वह जगी। आँखें खोलकर पड़ी होगी और मुझे देख रही होगी शायद। मैंने सोचा। सोच रही होगी, यह मुझे जगायेगा और तब वह जगेगी। खैर, वह प्रत्यक्षतः जगी अब थी। और जो मैं मुग्धभाव से बाहर दूर तक देख रहा था, वह सारा देखना टूट-बिखर गया। "आप कब जग गए ? मुझे क्यों नहीं जगा लिया ? साथ-साथ घूमने चलते।" उसने कहा। तो मैंने कसैलेपन के साथ इतना ही कहा, "तुम्हें डिस्टर्ब करना ठीक नहीं समझा..."। वह मुस्कराती हुई उठी और बाथरूम चली गई। मुझे उसकी मुस्कराहट फूहड़ लगी, उसमें न ताजगी थी, न आकर्षण ! कई चेहरे सुबह-सुबह ताजगी-भरे, आकर्षक और अपने-से लगते हैं, लेकिन कुछ बड़े अजीब बासे, उबाऊ, रूखे और उजाड़-से। किरण का चेहरा ऐसा ही था—नीरस, बासा, और निष्प्रभ।

इसी बीच मैंने चाय मँगा ली थी।

अखबार अभी आया नहीं था। यों भी पहाड़ों में अखबार देर से पहुँचते हैं।

हम लोग चितई मन्दिर देखने निकले। शहर के दूसरे छोर पर नीचे उतरते हुए करीब 6 कि॰ मी॰ जाना था। निकल चले। पैदल ही । वह धीरे-धीरे चल रही थी। कभी मैं कुछ आगे निकल जाता, तो मुझे रुकना पड़ जाता। दो-ढाई

घण्टे में हम चितई मन्दिर पहुँच गए। रास्ते में मैंने उसे बताया कि यह ग्वाल्ल देवता का मन्दिर है। ग्वाल्ल एक स्थानीय देवता है। इस देवता में लोगों की गहरी आस्था है । इस मन्दिर में लोग मनौती माँगते हैं। अपनी एप्लीकेशन लिख कर मन्दिर में रख देते हैं। कहते हैं उनकी इच्छा पूरी हो जाती हैं। जिसे न्यायालय में न्याय नहीं मिल पाता, उसे ग्वाल्ल देवता के यहाँ अवश्य न्याय मिलता है। कई-कई किस्से लोगों ने घड़ लिए हैं, मैंने जो सुने, वे उसे सुनाता रहा। वह श्रद्धाभाव से सुनती रही रास्ते भर चुपचाप।

मन्दिर से कुछ पहले चाय की दुकानें थीं। एक ओर चढ़ाने के लिए प्रसाद-नारियल बेचने वाले दुकानदार बैठे थे। हमने एक टी स्टॉल पर बैठकर चाय पी। उसने प्रसाद-नारियल लिया। और हम मन्दिर-प्रंगण में पहुँच गए। भीड़ अधिक नहीं थी। मन्दिर छोटा-सा ही था। बाहर रस्सियों पर पीतल के हजारों घण्टे लटके हुए थे। ये घण्टे मनौती माँगने वालों ने अपना काम सिद्ध हो जाने के बाद देवता को चढ़ाये हैं, ऐसा वहाँ खड़े एक लड़के ने बताया। मैं सुनकर मुस्कराया। किरण चुन्नी से अपना सर ढककर मन्दिर में प्रवेश कर गई। मैं बाहर ही कुछ दूरी पर लगे लोहे के पाइप पर बैठ गया और उसकी प्रतीक्षा करने लगा।

किरण देर बाद मन्दिर से बाहर निकली। सर झुकाकर श्रद्धा के साथ उसने मन्दिर के चक्कर लगाये और घण्टा बजाया। उसी तरह चुपचाप मेरे पास तक आई और मुझे प्रसाद दिया। मैं फिर मुस्करा रहा था। वह खामोश थी। अब मैं उसको नये सिरे से देख रहा था। उसके भीतर बैठी धर्मभीरू स्त्री उसके चहरे पर विद्यमान थी। माँग में मोटा सिन्दूर भरे हुए, बड़ी-सी बिन्दी माथे पर लगाये लिपिस्टिक से रंगे होठों और भारी आभूषण पहने हुए एक घरेलू-सी महिला। जो व्रत-उपवास के बाद मन्दिर में देवदर्शन के लिए आई है।

हम दोनों चुपचाप लौट रहे थे।

धूप बढ़ गई थी। पसीना भी आने लगा था। थक मैं भी गया था। वह ठीक से चल नहीं पा रही थी। "पहाड़ी पगडंडियाँ पीछे छूट गईं। बहुत धीरे-धीरे। थके हुए कदम वापस लौटने को कह रहे हैं, लेकिन लौटना संभव नहीं," मैं बड़बड़ाया। हम दोनों चीड़ के पेड़ों के नीचे बैठ गए थे, एक ढलान पर, जहाँ

गिरे हुए पत्ते बिछे थे। हवा से पसीना सूखने लगा और ठण्डी हवा का स्पर्श बहुत सुखद लगने लगा।

"बीयर पीयोगे ?" सहसा उसने पूछा।

मैं एकदम से उसके चेहरे को देखने लगा। वह भी कुछ क्षण मुझे देखती रही। फिर जोर से खिलखिलाई, "इस जंगल में बीयर कहाँ मिलेगी भला ! उसने अपना हाथ मेरे हाथों में दे दिया और कुछ देर खामोश बैठी रही। मैंने उसकी ओर देखा। माथे पर पसीने की कुछ बूँदें अब भी थीं। उसके रूखे केश बिखरे हुए थे। चेहरे पर आये अँधेरे को उसने ऐसे ही रहने दिया। उसकी आँखों से कुछ आँसू झर पड़े।

"थक गई ?" मैंने पूछा तो उसने 'न' में अपना सर हिलाया।

"तो फिर ?"

"कुछ नहीं..." वह बोली, और उसके आँसू बहने लगे।

"......... " मैं चुपचाप उसे सोच रहा था।

"मैं बहुत थक चुकी हूँ... थक ही नहीं टूट चुकी हूँ... "

"......................"

"अब तो सच कभी-कभी जिन्दगी से भागने का मन होता है," वह कहती रही और मैं सुनता रहा। दूर से। बहुत दूर से। अन्ततः हम दोनों उठे। गिरे हुए पीले पत्तों पर पैर रखते हुए पुराने रास्ते पर आ गए। होटल पहुँचकर आराम किया।

रात को बात करने की इच्छा नहीं हो रही थी। थक गए थे। हम दोनों ही। नींद भी नहीं आ रही थी, क्योंकि दिन में कई घण्टे सो लिए थे।

बात मैंने ही शुरू की इन दिनों कश्मीर की स्थिति बहुत नाजुक बनी हुई है। "हाँ।"

"मेरा एक मित्र है वहाँ। पता नहीं किस हाल में होगा। पीछे पत्र आया था, उसने जो लिखा था, पढ़कर मन दहल गया था।... आखिर क्या बनेगा इस देश का ?" मैं चिन्ता में डूबा उससे इस स्थिति पर बहस करना चाहता था।

वह बोली, "एक पत्र मेरे पास भी आया था। एक लव-लैटर था। कश्मीर बड़ी खूबसूरत जगह है न ! कभी चलेंगे वहाँ।" फिर कहने को मेरे पास रह ही कुछ नहीं गया। अब क्या बात करूँ इस लड़की से। मैंने बात करनी चाही पंजाब की। जहाँ की वह है। "सब ठीक है, वहाँ ऐसा कुछ नहीं है। आप पत्रकार लोग कभी-कभी बड़े सेंसिटिव होने लगते हैं।" अब मुझे नींद आने लगी थी।

थोड़ी देर बाद मेरी नींद अचानक टूट गई। किरण दर्द से कराह रही थी। "क्या बात है ?" मैंने पूछा। "पेट में जोर का दर्द हो रहा है।" बताया उसने। "दवा लाऊँ ? " मैंने कहा और घड़ी देखी दो बज रहे थे। ऐसे में कहाँ मिलेगी दवा चिन्ता भी हुई। वह बोली, "चिन्ता की कोई बात नहीं। मुझे हो जाता है। मैंसेज ठीक से नहीं होते। उन दिनों बहुत पेन होता है।..." वह कराहते हुए दूसरी ओर करवट लेकर पड़ गई। मेरी आँखें नींद से जल रही थीं। उसकी कराहने की आवाज से डिस्टर्ब हो रहा था। मन ही मन झुंझलाकर सोने का प्रयास करता रहा।

पता नहीं वह रात भर सोयी थी या नहीं, मैंने कुछ देर की आधी-अधूरी-सी नींद अवश्य ले ली थी। सुबह उसने अपना सामान तैयार किया। आज ही उसे वापस लौटना था। मैंने भी उसको नहीं रोका। उसकी छुट्टियाँ खत्म हो चुकी थीं। "आप नहीं चलेंगे ?" उसने पूछा। शायद यों ही। उसे पता था कि मुझे यहाँ अभी दो दिन और रुकना है। वह जल्दी-जल्दी अपना सामान पैक करती रही।

मैं उसे बस स्टैण्ड पहुँचाने आया। एक बस जाने को लगी थी। अच्छा रहा कि सीट मिल गई वरना दूसरी बस से जाना पड़ता, जो पूरे एक घण्टे बाद थी।

उसकी बस चली। उसने खिड़की से अपना हाथ निकाल हवा में हिलाया। मैंने भी अपना बेहद थका, खाली-खाली, ढीला-सा हाथ उठाया। बस ढलान उतर रही थी। मैं वापस होटल आ गया। कपड़े बदले। बाहर लॉन में आकर बैठ गया। बीयर की बड़ी सान्द्र तलब लगने लगी। आदमी भेज कर एक बीयर मँगाई और अकेले ही पीने लगा। लगा न जाने कितने दिनों बाद ठण्डी बीयर पीने को मिल रही है। एकदम हल्की और गुनगुनाती हुई, संगीतमय। मन के अन्दर

भी सारे विचार, सारी भावनाएँ, सारी चिन्ताएँ जैसे बीयर के झागों की तरह बैठ गईं। चुपचाप। माथा एकदम साफ नए सिरे से और अच्छा सोचने को प्रस्तुत। मैं दूर-दूर तक के दृश्य देखने लगा, जो बेहद नए और अद्भुत सुन्दर लग रहे थे। उनमें उतर गया।

अल्मोड़ा से मैं दिल्ली आ गया। इस बार दिल्ली लम्बे समय तक रहना हुआ। कई दिनों से अयोध्या के राममन्दिर का झगड़ा चल रहा था। उससे पहले आरक्षण विरोधी आन्दोलन से अस्थिरता का वातावरण बना हुआ था। इन दोनों मुद्दों ने पूरे उत्तर भारत में बड़ा ही उत्तेजक वातावरण बना दिया था। तरह-तरह की अफवाहें फैल रही थीं। चिन्ताओं का एक नया जंगल उग रहा था, तरह-तरह के कंटीले पेड़, झाड़ियाँ; इतने कि कोई रास्ता नहीं सूझ रहा था। हम सब लोग उसी जंगल में जैसे भटका दिए गए थे।

एक दिन दफ्तर से लौटकर घर पहुँचा तो काफी देर हो चुकी थी। कपड़े बदलकर बैठा ही था कि फोन की घण्टी बजी। उधर अतुल था। "कहाँ थे इतनी देर ? तीन बार फोन कर चुका हूँ।" उसने शिकायत की । काम था। देर हो गई। बता दिया। तब वह बोला, "इधर तुम्हारी किरण ने नया गुल खिला दिया है !" उसने बात ऐसे शुरू की। और जो बताया, वह चिन्ताजनक जरूर था, असम्भव तो कतई नहीं। और न चौंकाने वाला, न अविश्वसनीय। कम से कम मेरे लिए तो बिल्कुल नहीं। क्योंकि मैं जानता था कि किरण के भीतर कौन-कौन-सी जड़ें इन दिनों फैल रही हैं। वह कुछ भी कर सकती है। अतुल का कहना यह था, "सुना है आपकी किरण लखनऊ में है।... लोग कह रहे हैं उसने अपने भाई जी से शादी कर ली है... अभी तक नहीं लौटी, कई महीने हो गए।" मैंने सब सुनने के बाद इतना ही कहा,"ठीक तो है। इसमें इतना परेशान होने की क्या बात है ?" सुनकर वह हँसा। बातें और भी हुईं, पर सब बेमतलब की।

मैं किरण के बार में कम, उसके साथ की अध्यापिकाओं के बारे में ज्यादा सोच रहा था। इन लोगों को दूसरे की व्यक्तिगत जिन्दगी में ताक-झाँक करने

में ज्यादा मजा आता है। क्या मिलता होगा इन्हें दूसरों को बदनाम करने में ? लगता है इन लोगों के पास और कोई काम होता ही नहीं। समय कटे तो कैसे कटे ! अब जरा-सी बात है। मानों किरण ने शादी कर भी ली हो, तो इससे किसी को क्या लेना-देना ? और फिर उसने ऐसा करके कौन-सी नई बात कर दी ? क्या औरों की शादियाँ नहीं हुई हैं ? इसमें कौन-सी अनहोनी ? असामान्य या चर्च्य बात है ? किरण को लेकर मेरे मन में तत्काल बस एक ही बात आई। वह बार-बार कहा करती थी, क्या लड़की का एकमात्र लक्ष्य शादी करके घर बसाना ही है ? मेरे साथ की लड़कियाँ मिलती हैं तो बड़े गर्व से बताती हैं कि इतने साल पहले ब्याह हो गया, इतने बच्चे हैं, वे वहाँ है...। चाहे चिन्ता और दुःख से पीली पड़ गई हो।... अनेक दुःखद उदाहरण गिनानेवाली किरण स्वयं भी इस झमेले में पड़ गई ? हाँ, वह शादी को 'झमेला' ही कहती थी !

मैं अपनी ओर लौटा। आखिर यह सब मैं क्यों सोच रहा हूँ ? न तो किरण मेरी इतनी कुछ है, न बाकी लोग। न मेरी जिन्दगी से इन बातों का कुछ लेना-देना। फिर ? लगता है कि मैं किरण से कहीं न कहीं ऐसी तरह जुड़ चुका हूँ कि छूट नहीं पा रहा।

कुछ दिन बाद मेरा देहरादून जाना हुआ। किरण की ओर भी गया। उसकी सीढ़ियों पर सूखे पत्ते बिखरे पड़े थे। महीनों से इस घर में कोई नहीं रहता, पत्ते बता रहे थे। बिना सीढ़ियाँ चढ़े ही लौट आया। अचानक मन इस आशंका से भर उठा कि कहीं कोई और अघट न घट गया हो उसके साथ।

फिर दिल्ली। दफ्तर की दुनिया। मित्र। वहीं सब कुछ। वैसा ही पुराना। धूल-भरा। अपने केबिन में कुर्सी मेज की जगह बदल ली। रद्दी कागजों का ढेर हटाया। मन फिर काम से जोड़ा। किरण का विचार तक दूर कर दिया। उसके निशान धुँधले पड़ गए। हाँ, वह कभी-कभी मेरे स्वप्नों में जरूर आती रही। आ कर चुपचाप बैठ जाती। अपने जिप्सी स्वभाव से भिन्न। शान्त। उदास। पथराई हुई और चुपचाप मेरी ओर देखती हुई।

एक दिन अचानक वह मेरे घर के दरवाजे पर खड़ी थी ! मुझे विश्वास ही नहीं हुआ कि यह वह है। पर वही थी। बिलकुल अपरिवर्तित । लेकिन थकी

हुई, टूटी-सी, रंग बदला हुआ-सा। हाथ में एक छोटी-सी अटैची, कंधे पर वाटरबोटल और एक लैदर बैग। बस ! चिरयात्री-सी और अघरेलू किरण।

"इस वक्त कहाँ से ?"

"देहरादून से और कहाँ से ! " थकी हुई मुस्कान ओढ़े उसका चिर-परिचित अधिकार-भाव कमरे-भर में भर गया।

"तुम तो बाहर थीं कहीं... " मैंने थम कर, पता नहीं सूचना दी या पूछा। पर मेरे इस कहने पर उसने कहीं तारतम्य नहीं जोड़ा। सहज भाव से बोली, "हाँ मैं तब अल्मोड़े से देहरादून न आ कर सीधी भाई के पास लखनऊ चली गई थी। फिर कलकत्ता।"

"मैने तो सुना था... "

"अरे आप भी कहाँ लोगों की बातों में आ गए।" मेरा आशय समझ कर वह लगभग हँसती हुई बोली। कुछ देर कुशलता की बातें हुईं। वह किचिन में गई। चाय बना कर लाई और हम लोग बातें करते रहे। शाम को बाहर निकले। बंगाली मार्केट की ओर। वह जब भी आती वहाँ चाट और मिठाई जरूर खाती है। इधर-उधर घूम कर लौट आए।

देर रात में बातें चुकने को आ गईं । नींद मेरी ओर आने लगी, तो जैसे उसके एक वाक्य ने उसे दूर भगा दिया। उसने बिल्कुल सीधी तरह पूछा, "आप मुझसे शादी क्यों नहीं कर लेते ?"

यही बात यदि सीधी तरह न कही जा कर घुमा-फिरा कर कही जाती तो कोई बात नहीं थी। बात सीधी नहीं थी, इसलिए सीधी तरह नहीं कही गई थी। कही क्या, जादूगर की तहर मुँह के भीतर से ठोस गोले की शक्ल में निकल कर हथेली पर रख दी गई थी। मानो उसे सामने रखते हुए कहा गया था, "देखो बात यह है कि मैं... "

वह 'मैं' पर आकर ठहर गई। बल्कि अटक गई। मैं उसके 'मैं' में ही बन्द हो गया। हम दोनों के भीतर का बेचैन शोर कुछ थमा, तब तक बात की चमक बदल गई।

मैं सोच रहा था कि यदि मैं पूनम का संग न जी चुका होता, तो मेरे लिए हर स्त्री का सान्निध्य प्रीतिकर होता। लेकिन उस एक जीवन को शिद्दत

के साथ जी लेने के बाद कहीं कुछ बचा नहीं है मेरे लिए ! काश तब मुझे पूनम न मिली होती, जब मैं प्रेम-जैसी अद्भुत चीज के बारे में बहुत ज्यादा नहीं जानता था और बिना बहुत कुछ जाने उसमें सिर के बल कूद गया था या मैं आज वह होता तो पूनम से मिलने के पहले था। फिर तो निश्चय ही मैं किरण के साथ कूद पड़ता इस जंजाल में, चाहे हाथ-गोड़ टूट जाते, सिर फूट जाता, मैं नष्ट हो जाता, चाहे कुछ हो जाता। अब जो समस्या मेरे सामने आ कर बैठ गई है, उससे आसानी से निपट लेता।

उसने और भी बहुत कुछ कहा। पर मैं उसी गोले में घूम रहा था। जो अतीत बन चुका है। मेरे हिसाब से वह अपनी जगह सही है, मैं गलत हूँ। या हम दोनों अपनी-अपनी जगह गलत हैं। सही भी। बड़ी पेचीदी स्थिति थी। मैं उसे समझाना चाह रहा था, लेकिन वह सब कुछ समझी हुई थी। फिर भी उसने यह प्रस्ताव आज अचानक रख क्यों दिया है ? सबसे बढ़िया तरीका मुझे सूझा कि दर्शन में उतर लिया जाए। मैं धीरे-धीरे दार्शनिक तर्कों के कपड़े पहनने लगा। "ऐसा है कि एक दम से 'हां' या 'न' नहीं कहा जा सकता।... क्या तुमने पहले खूब सोच लिया है कि तुम मुझसे विवाह करेगी ?... करोगी तो करो ?... मुझी से क्यों मैने सोचा उससे यह कहूँ लेकिन, प्रकट में कुछ नहीं कहा।

"इसलिए कि आपके साथ मुझे सुरक्षा मिलेगी, आत्मीयता और स्वतन्त्रता !" उसने कहा।

तो क्या वह मेरे भीतर की हलचल को सुन रही है ? मैं सावधान हो गया।

"यह तो तुम कहीं भी खोज सकती हो। किसी के भी साथ।"

"नहीं मैं आपको प्यार करती हूँ।"

कहकर वह अतिरिक्त मोहकता वाली मुस्कान में गूँजी।

"तो करो न प्यार, मैं कब रोकता हूँ !" मैं कुछ बचा। "शादी से प्यार में क्या बाधा आएगी ?" उसने घेरा।

"आ सकती है।" मैंने यों ही कह दिया।

"कैसे ?" वह मुझे पकड़ने निकल पड़ी।

"................" मैं खामोशी में कहीं दुबक गया।

"नहीं आ सकती, बल्कि वह तो और प्रगाढ़ होगा।" उसने दूर से ही मेरा हाथ पकड़ लिया।

उसके इस फार्मूले का आधार मेरी समझ में नहीं आया। मैंने अपने आसपास और जीवनखण्ड में तो कम से कम ऐसा देखा नहीं। न पाया। बल्कि उल्टा ही होता सुना है। मैंने उसे बताना चाहा। उसकी बातों के लिए मेरे पास तर्क नहीं थे। इसलिए उसे समझाना अ-सरल था। उसका अन्तिम निर्णय था—मुझे आप चाहिए। सिर्फ आप।

"आप एक भले आदमी हैं। एक सच्चे इंसान।... मैं अकेली हूँ। कहाँ-कहाँ भटकूँगी। मेरा इस दुनिया में बचा कौन है...न पिता रहे, और न कहने को माँ तक रही। भाई जी से तो कब से संबंध ही नहीं।" वह कमजोर होती चली गई। भीतर से एकदम नदी-सी रिसती हुई।

"किरण तुम समझने की कोशिश करो। चीजें इतनी आसान नहीं जितनी तुम सोचती हो।" उसके सिर पर हाथ फेरते हुए मैंने समझाया।

"मैंने कब कहा आसान हैं। आसान होती तो मैं आप से कभी नहीं कहती !"

धीरे-धीरे नींद।

कब ? पता नहीं।

वह चाय बना लाई और मुझे जगाया, तब मैंने जाना कि सुबह हो गई है। उसकी आँखों में बेहद थका हुआ, फीका-सा उजाला था। मेरे बिना कुछ कहे वह सब सुन-समझ रही थी, उसके बिना कुछ कहे मैं। इसलिए दोनों चुप थे। चाय पीते रहे। मैंने ही उसका हाथ छूकर धीरे-से पूछा—"तुम्हारा क्या कार्यक्रम है ?"

"जाऊँगी।"

दोनों के हाथ एक दूसरे पर बेवजह रखे रहे। बेक्रम और बेबात। उँगलियों ने उँगलियों तक को भरोसा नहीं दिया। अनजान यात्रियों की तरह सभी उँगलियाँ एक-दूसरे के आमने-सामने बैठी रहीं। ऊँघती-सी अनात्मीय।

वह उठी। तैयार हुई और चल पड़ी।

"मुझे क्षमा कर देना नरेन।"

मैं चुप। चुपचाप उसे जाता देखता रहा। अपनी सामर्थ्य से भी अधिक एक तीव्र इच्छा मेरे भीतर भरने लगी। रोक लूँ। अपना लूँ। समझा, तुम अकेली नहीं हो। आत्मनिर्भर हो। इतनी कमजोर क्यों बनती हो !... मेरा हाथ कुछ उठा। उसने नहीं देखा। दूर निकल चुकी थी। हवा के साथ हिचकोले खाती किसी दिशा में बहती जाती नाव की तरह।

अजगर चला नहाय

टीवी स्क्रीन पर पृथ्वी की गेंद घूमती है और 'समाचार' की पट्टी उसके पीछे से साँप की तरह सरक कर आ बैठती है। प्रतीक्षित 'सिग्नेचर ट्यून' के रुकते ही, धड़कन बढ़ जाती है। पता नहीं आज कितने युवकों ने आत्मदाह किया होगा ? समाचार-वाचिका मुस्कराहट के साथ उभरती है और नमस्कार के बाद आज के समाचार पढ़ती है। पत्नी का ध्यान उसकी साड़ी पर है और वह भाभी जी से कहती है, "देखो तो दीदी। आज कितने सुन्दर प्रिन्ट की साड़ी पहन कर आई है" भाभी जी का ध्यान उसके गले में झिलमिलाते हार पर अटका हुआ है। समाचार पढ़ते हुए उसके गालों में पड़ जाने वाले गड्ढे उसकी खूबसूरती को और भी बढ़ा रहे हैं। उसके सुन्दर चेहरे और आकर्षक आँखों में तब भी कोई भयावह छाया नहीं डोल रही, जब वह अपनी खनखनाती आवाज में कह रही है। आज दिल्ली में तीन आरक्षण-विरोधी छात्रों ने आत्मदाह का प्रयास किया। उनमें से दो की हालत चिन्ताजनक है। चण्डीगढ़ में एक छात्रा ने विषैला पदार्थ खाकर आत्महत्या का प्रयास किया। उसे बेहोशी की हालत में अस्पताल ले जाया गया, जहाँ उसकी मृत्यु हो गई।... मोदीनगर में उत्तेजित भीड़ ने एक एक्सप्रैस ट्रेन के दो डब्बों में आग लगा दी। भीड़ पर काबू पाने के लिए पुलिस को गोली चलानी पड़ी, जिसमें चार लोग मारे गए और पन्द्रह घायल हो गए।... (और अन्त में) स्थिति तनावपूर्ण लेकिन नियंत्रण में है।"

इन दिनों यही समाचार प्रमुख बन गए हैं। पंजाब, जम्मू-कश्मीर में आतंकवादियों के हाथों मारे जाने वाले दर्जनों लोगों की हत्या, असम-समस्या

या देश-विदेश की राजनीति-आर्थिक गतिविधियों के समाचार जैसे नेपत्य में चले गए हैं।

मैं कई दिनों से ऐसे समाचार सुनकर चिन्ता में डूब जाता हूँ। बच्चों की आँखों में किसी चमत्कार को सुनने-जैसी चमक है। वे कई दिनों से, कई बार मुझसे पूछ चुके हैं—पापा ! ये आरक्षण-विरोध क्या है ? क्यों जल रहे हैं ये लड़के ? ये अपने आप अपने कपड़ों में आग लगा लेते हैं ? कैसे ? कैसे पापा ?... कई बार तो दोनों में बहस हो जाती है। छोटा बड़े से कहता है... इसलिए जल रहे हैं कि हमें नौकरी दो। नीची जाति के लोगों को ही नौकरी क्यों दे रहे हो ? हमको अब नौकरी नहीं मिलेगी। मैं अपने आठ और दस वर्ष के दोनों बच्चों की ओर डर कर देख रहा हूँ। उनकी आँखों से झाँकते प्रश्नों के जवाब देने के लिए मुझे अपने बचपन के दिनों की ओर लौटना पड़ रहा है। मैं सोचता हूँ कि बिना इस अतीत-यात्रा के उनको मैं अपनी बात ठीक से समझा नहीं पाऊँगा। और में पीछे, करीब सैंतीस साल पीछे, दूर छूटे एक भयावह काल-खण्ड में प्रवेश कर गया हूँ।

सबसे पहले मैं पहुँचता हूँ डर के उस दरवाजे पर जिसके भीतर मैं आँखें मूँदे अपनी नानी की गोद में सो गया था। मुझे भूख-प्यास कुछ नहीं थी। कुछ दिनों तक मेरी यह स्थिति बनी रही। बुखार भी हो गया था। तब नानी ने मुझे अपने गाँव वापस भेजना ही ठीक समझा, यह सोचकर कि इसे अपने गाँव की याद आ रही है। अब यह यहाँ नहीं रह पाएगा।

हुआ यों था कि हमारे एक मामाजी थे। बड़े क्रूर। डरावने। रंग उनका गोरा-चिट्टा था। आँखें छोटी-छोटी। मूँछें नुकीली और हर समय तनी हुई। थे वे दुबले-पतले, लेकिन क्रोधी भयंकर थे। अक्सर कस्बे से शराब पीकर लौटते और सब से खूब झगड़ा करते। हम बच्चे सहमकर दुबक जाते। यों वे हमसे कुछ नहीं कहते थे, लेकिन उनकी परछाईं तक से हमको भय लगता था। एक दिन, गर्मियों के दिनों की बात है। हमारे स्कूल बन्द थे। मैं ठीक दोपहरी में चुपचाप घर से निकलकर बाहर चला आया था। नानीजी और मामीजी अपने-अपने कमरों में सोयी हुई थीं। चौपाल पर नानाजी कुछ लोगों के साथ बैठ कर ताश खेल रहे थे। मामा जी भी वही थे। मैं उन सबकी आँख बचा

कर पीछे खेतों की ओर निकल गया। खजूर के पेड़ों के नीचे कुछ सूअर सूखी हुई पोखर की कीचड़ में लेटे थे। वहीं एक ओर बैठा था मुन्ना। वह रस्सी बँट रहा था। काला आबनूसी रंग। गदराया हुआ शरीर। लू-धूप से बेखबर, वह सिर्फ मैला-सा अण्डरवीयर पहने था। मैं उसके पास गया और अपनी नेकर की जेब से काँच की गोलियाँ निकालकर उसके सामने कर दीं, "चल गोली टीच खेलेंगे।" वह सहर्ष तैयार हो गया। हाथ की अधबटी रस्सी वहीं छोड़कर मेरे साथ खेलने लगा। हम दोनों खेल में खोए बड़ी देर तक गोलियाँ खेलते रहे। तभी वह भयावह घटना घटी।

मुन्ना गोलियाँ डालकर निशाना साध रहा था कि उसकी नंगी पीठ पर सटाक्-सटाक्-सटाक्... मामा बस झाउ की लफलफी सन्टी ऐसे बरसाने लगे जैसे भैंसे को पीटते हैं। "साले हरामी के बीज... तेरी इतनी हिम्मत कि हमारे बच्चों के साथ खेले।" उनके मुँह से मात्र इतने ही शब्द निकले, जिनके भीतर घृणा, आक्रोश, तिरस्कार, हिंसा अपने वीभत्स रूप में चीख रही थी। मामा न जाने कब से मौका देख रहे थे। वे दबे पाँव ठीक उसी समय पहुँचे, जब मुन्ना पीछे की ओर अपनी पीठ करके, थोड़ा झुककर मेरी बताई हुई गोली पर निशाना साध रहा था। संटियाँ पड़ते ही वह बुरी तरह तिलमिला गया और सब कुछ छोड़कर गिरता-पड़ता वहाँ से भाग गया। "पकड़ साले भंगिया को... मार, और मार साले को..." छोटे मामा भी उसे ललकारते हुए आ गए। मैं बुरी तरह डर गया और काँपने लगा। लेकिन उन्होंने मुझसे कुछ नहीं कहा। जबकि मैं प्रतीक्षा में था कि दोनों मुझे पीटेंगे। पीटेंगे नहीं तो बुरी तरह डाँटेंगे जरूर। मेरी सारी चेतना अपने कानों पर केन्द्रित हो गई थी, सोच रहा था कि मामाजी अभी मेरे कान उमेंठेंगे। मैं हर स्थिति झेलने के लिए तैयार हो चुका था। मेरी आशंका के विपरीत मामा मुझे घर लाए और नानीजी के सामने खड़ा कर दिया—"अम्मा, यह देखो। काँ खेल रहा था मुन्ना भंगी के साथ!" नानीजी ने बुरा-सा मुँह बनाया, "क्यों रे ?" बस इतना कहकर वे मुझे नल पर ले गईं। हाथ-पैर धुलवाए और समझाया कि नीच जातियों के साथ नहीं खेलना चाहिए।

मुन्ना की नंगी पीठ पर पड़ी संटियों की कुछ लकीरें मेरी आँखों के सामने ही उभर आई थीं। वे खूब बड़ी हो गई होंगी, जरूर। चमड़ी भी उधड़ गई होगी।

मुझे लगातार यही महसूस होता रहा कि मेरी पीठ पर भी वैसी ही लकीरें उभर आई हैं और उनमें जोर का दर्द हो रहा है। मुझे मार न पड़ने का इतना दुःख था कि मैंने कई दिनों तक खाना नहीं खाया। एक अपराध-बोध मेरे अन्दर बैठ गया था। मार तो मुझे भी पड़नी चाहिए थी, बल्कि मुझे ही पड़नी चाहिए थी। मुन्ना बेचारे का क्या दोष था ? मैं ही तो उसे अपने साथ खेलने बुला लाया था। वह तो पेड़ के नीचे बैठकर रस्सी बँट रहा था।

मामाजी मामूली आदमी नहीं थे। मजाल क्या कि कोई उनको पलट कर जवाब दे दे। उनका मानना था कि नीच जाति को सिर पर नहीं चढ़ाना चाहिए, हमेशा दबाकर रखना चाहिए। इस मामले में वे न तो किसी को ढील देते और न किसी की छोटी-सी गलती को बर्दाश्त करते। उनका एक जुमला मैंने कई बार सुना था--काला बामन भूरा चमार, इनसे सदा रहो हुसियार। यह जुमला मुझे इसलिए भी याद रहा कि मेरा रंग साँवला था। वे मुझे लक्ष्य करके यह कहावत कई बार दोहराते थे। मैं चिढ़ जाता, पर कुछ कह नहीं पाता था। यों बाद में चलकर मुझे मामा जी पर फिट बैठने वाली एक कहावत किसी के मुँह से सुनने को मिल गई, लेकिन मेरी हिम्मत नहीं हुई कि उनके सामने कह सकूँ। वह कहावत थी--जाकी छाती एक न बार, वाते सदा रहो हुसियार। मामाजी की छाती पर एक बाल नहीं था। गाँव के लोग कहते हैं कि ऐसा आदमी सात जन्मों का लबार, झूठा, मक्कार, वदचलन, दुष्ट और विश्वासघाती होता है। यह कहावत की बात तो मैं नहीं जानता, लेकिन मामाजी ऐसे ही थे। मुझे खूब याद है वे किसी से बदला लेना चाहते, किसी न किसी तरह ले कर रहते। कई बार तो ऐसा करते कि अपने दो दुश्मनों को आपस में लड़ा देते। पता नहीं वे लोग उनकी चाल समझते थे या नहीं, पर इतना जरूर है कि वे उनकी बातों में फँस ही जाते थे। मार-पीट, फौजदारी हो जाती। मुकदमेबाजी होती और मामाजी बुलबुल बने घूमते। ऐसे मौके पर उनका जुमला होता--"भूखे ने भूखे की मारी, दोनों बेहोस हो गए।" मैंने उन्हें कभी कोई काम करते नहीं देखा। नानाजी भी कोई काम नहीं करते थे। लोग नानाजी को मुखियाजी के नाम से जानते थे। मामा जी को कुँवर साब कहते थे। उनके यहाँ मेहनती दिन-रात काम पर जुटे रहते। खेत-खलिहान के कामों से लेकर बैलों-भैंस के सानी-पानी तक के सारे

काम मेहनती ही करते थे।

अन्ततः मामाजी को किसी ने गोली मार दी थी। ग्राम-प्रधानी का चक्कर था। गाँव में पार्टीबन्दी बढ़ गई थी। नानाजी अशक्त हो चले थे। छोटे मामा जी गोली मारने वाले गुट से बदला लेने के लिए वर्षों तक योजनाएँ बनाते रहे। मुकदमे चले। जमीन बिकी। नानाजी जर्जर होकर ढह गए और धीरे-धीरे इतना बड़ा महलनुमा घर, चौपाल सब कुछ ढह गया। दीवारें गिरती चली गईं। उन्हें कोई नहीं सम्हाल पाया। बहुत समय तक गाँव में एक नया हड़कम्प मचा रहा। एक शाम गाँव के किसी आदमी ने हाँफते-हाँफते बताया कि पोखर वाले पीपल के नीचे बैठकर बनवारी पंडित चिलम पी रहे थे।... गाँव वालों का मानना था कि जरूर यह मामाजी का भूत होगा।... और यह बात तब तक बनी रही, जब तक कि मामाजी के भूत वाला वह पीपल आँधी में उखड़ नहीं गया।

सोचता हूँ आज मामाजी होते तो क्या करते ? कभी-कभी लगता है कि इन आत्मदाह करने वाले युवकों-छात्राओं और उत्तेजित लोगों के सिर पर मामाजी का ही भूत सवार हो गया है। हाँ ऐसी घटना में मामाजी जल रहे और मुन्ना किसी कोने में खड़ा उनको इस हालत में जलता हुआ देखकर हँस रहा है।

मुन्ना कभी स्कूल नहीं गया। इसलिए निरक्षर रहा। कुछ साल पहले मैं ननिहाल गया था। तब मैंने उसे देखा था। वह अपने नाम से अभी तक मुन्ना ही था। अलबत्ता उसका पूरा नाम 'मुन्ना भंगी' हो गया था। उसके पाँच बच्चे थे। वह अब मरियल-सा प्रौढ़ था। उसके बच्चे स्कूल जाने लगे थे। मुझे मुन्ना को देखकर बचपन की वह दोपहरी याद हो आई। शायद मुन्ना सब कुछ भूल गया था, क्या पता न भी भूला हो ? उसने न जाने ऐसी कितनी दोपहरी अपनी नंगी चट्टान-जैसी पीठ पर झेली होंगी। उसकी बचपन की निर्मल और बड़ी-बड़ी आँखें छोटी और सपाट हो गई हैं। मुझे ढूँढने पर भी उनमें कोई भाव दिखाई नहीं दिया। एक पीला ठंडापन उनमें समाया हुआ था।

इस अतीत-यात्रा का दूसरा सिरा मेरे अपने गाँव तक पहुँचता है। उसी बचपन के हिस्से की बात है। हमारे साथ जाटवों का एक लड़का पढ़ता था—डम्बरा। पाँचवीं तक वह हमारे साथ गाँव की पाठशाला में पढ़ा था। वह क्लास में अलग लाइन में बिठाया जाता था। पीछे। डम्बरा पढ़ने में बहुत ज्यादा

तेज तो नहीं था, पर ठीक-ठाक था। एक बार गणित का कोई सवाल उससे नहीं बताया गया। पंडितजी ने उसे खड़ा कर दिया। मैंने वह सवाल बता दिया। पंडितजी ने डम्बरा को सजा सुनाई कि मैं उसके गाल पर चार तमावे मारूँगा। यों भी मैं क्लास-मानीटर था। डम्बरा डील-डौल में मुझसे तगड़ा था। लम्बाई भी उसकी ज्यादा थी। मैं बहुत छोटा था। डम्बरा को झुकाया गया और डरते-डरते उसके गाल पर मैंने चार तमाचे लगाए—एक दो तीन... चार। तमाचे मारने से पहले मैंने उसकी आँखों में देखा था। मुझे लगा था कि वह कह रहा है—"साले। छुट्टी होते ही तुझे देख लूँगा..."। इसलिए मैंने उसके गाल पर बहुत धीरे-धीरे तमाचे लगाए थे। पंडितजी गुर्राए—"नहीं और जोर से मारो।" अजीब स्थिति बन गई थी। मुझे यह भी भय था कि जोर से तमाचे नहीं मारे तो अभी पंडित जी मेरे गाल पर चांटे मारकर बतायेंगे कि ऐसे मारो। खैर, मैंने डम्बरा के चार तमाचे और मारे। यानी उस बेचारे के आठ तमाचे पड़े। पंडितजी अपने हाथ से कभी किसी नीच जाति कि बच्चे को नहीं छूते थे। इसलिए दूसरे लड़के से पिटवाते थे। या फिर उसे मुर्गा बना देते या कान पकड़कर दण्ड-बैठक लगवाते। कमलिया की बात दूसरी थी। थी तो वह भी जाटवों की कन्या, लेकिन पंडित जी उसकी चोटी पकड़कर जोर से खींचते या हल्की-सी थपत उसके गालों पर बिना बात के ही लगा देते। छुईमुई-सी, गुड़िया-जैसी कमलिया के गाल पलास के फूलों की तरह दहक उठते थे। वह मुझे बहुत प्यार करती थी। दुबली-पतली, गोरी, छोटी-सी कमलिया नहा-धोकर, साफ-सुथरे कपड़े पहनकर स्कूल आती थी। हँसती थी तो उसके उजले दाँत फूटे हुए अनार के दानों की तरह दमक उठते थे। आठवीं तक वह मेरे साथ पढ़ी थी। मैंने बचपन में उसे देखकर ही कल्पना कर ली थी कि ठीक कमलिया-जैसी ही लड़की से ब्याह करूँगा। आठवीं पास करते ही कमलिया की शादी हो गई और वह फिर कभी मुझे दिखाई नहीं दी।

हमारी क्लास में एक लड़का ओमप्रकाश भी था। सब उसे ओमा ही कहते थे। गाँव के कुमरपाल बढ़ई का लड़का था। पढ़ने में होशियार। नटखट भी बहुत था। हर समय साथियों को छेड़ता रहता। कई बार उसने मुझे पीटा और कई बार गुल्ली-डंडा में हराया। लेकिन छठवीं और आठवीं कक्षाओं के बीच

ही उसने पढ़ाई छोड़ दी। पिता के साथ लकड़ी का काम करने लगा। बड़े सुन्दर दरवाजे-चौखट बनाने लगा था। मैं देखता वह दत्तचित्त होकर बेल-बूटे, फूल-पत्तियाँ उकेरता था। हल, खिड़कियाँ, लकड़ी के बक्से, क्या नहीं जानता था बनाना वह। आसपास के गाँवों के लोग भी उसी के यहाँ काम कराने आते थे। मेरे बड़े बेटे के लिए उसने लकड़ी की एक गाड़ी बना कर दी थी। तीन पहियों वाली। उसी के सहारे उसने चलना सीखा। ओमप्रकाश लकड़ी के काम में होशियार नहीं था, बल्कि वह हर समय कुछ नया रचना चाहता था। एक बार उसने बैटरी से चलने वाला पंखा बनाया। ट्रांजिस्टर खोल कर उसके पुर्जे उलट-पलट कर देखता। उसने उसमें तार जोड़कर एक स्पीकर अपने दूसरे कमरे में लगा लिया था। मुस्करा कर कहता, "मेरी बीवी भी तो फिल्मी गाने सुनेगी।" लकड़ी का काम धीरे-धीरे कम होने लगा। लोग अब या तो बाजार से बने सादा दरवाजे लाने लगे, या लोहे के बने चौखट-खिड़की दरवाजे लगाने लगे। अब ओमप्रकाश सिलाई करने लगा। किसी भी एक्सपर्ट टेलर मास्टर से कम नहीं था वह। सब अपने आप सीखा। और तो और वह घड़ीसाज का काम भी कर लेता था। बाद में जब गाँव में बिजली आ गई तो उसने वाइरिंग, बिजली फिटिंग, मोटर बाँधना—जैसे काम सीख लिए। अपने आप। मुझे उसकी प्रतिभा और सीखने की क्षमता पर आश्चर्य होता था। खासतौर से तब जब देखता कि एम.ए., एम.एस-सी., बी.ए., बी. एस-सी. पास लड़के बिजली का स्विच तक खोलने में डरते हैं।

गाँव के ऐसे कई चेहरे हैं, जो मुझे बार-बार याद आ जाते हैं। इन्हीं में एक चेहरा है तोता—यानी तोताराम का। वह कुम्हारों का लड़का था। कितनी बढ़िया ड्राइंग थी उसकी। वैसी ही सुन्दर लिखावट। विज्ञान में उसके सबसे ज्यादा नम्बर आते थे। लेकिन नौवीं पास करते ही उसके बाप ने उसकी शादी कर दी थी और दस पास करते ही वह मलेरिया इंस्पेक्टर बन गया था। काश वह आगे पढ़ लेता। इसी तरह एक था सूखा, सुखराम। गड़रियों का लड़का था। खाने की छुट्टी में भी वह एक कोने में बैठा चुपचाप गणित के सवाल हल करता रहता। गणित की सारी किताब, जैसे उसकी स्मृति में लिख चुकी थी। हम बामन-ठाकुरों के लड़के अक्सर स्कूल छोड़ कर खेतों में निकल जाते। वहाँ मटर

खाते, ईख के खेतों में घुसकर गन्ना चुराकर खाते या कच्चे-पक्के अमरूद चुराते, गेंद और गुल्ली-डंडा खेलते। लेकिन समय बीता और यही लड़के ग्रेजुएट-पोस्ट ग्रेजुएट होकर अच्छी-अच्छी नौकरियों में निकल गए। जो होशियार बच्चे थे, लेकिन 'नीची जाति' के थे, वे बीच-बीच में पढ़ाई छोड़कर खेत-खलिहान या घर के काम-काज में जुट गए। उनमें से दो-चार ही ऐसे थे, जो कहीं नौकरी पा सके थे। डम्बरा भी उन 'सौभाग्यशालियों' में से एक निकला। डम्बरा जो उन सब में कमजोर था, पुलिस-सेवा में चुन लिया गया था, क्योंकि वह ग्रेजुएट हो गया था। सारा गाँव उसे जानता और मानता है। आज वह पुलिस इन्सपेक्टर है। डी. सिंह के नाम से, गाँव का वह डम्बर सिंह, किसी कोतवाली या थाने में किस ठाठ में बैठता है, यह बात गाँव के लोग ही बताते हैं। सवर्ण जाति के लोग उसकी तरक्की से जलें तो जलें, उसके मुहल्ले के लोगों और स्वयं मुझे उस पर गर्व है। लोग उसके भाग्य को सराहते हैं अब उसके बच्चे शहर के अच्छे स्कूल में पढ़ते हैं। उसकी आर्थिक स्थिति अच्छी हो गई है लेकिन उसने एक काम नहीं किया। गाँव के किसी बच्चे को नहीं बताया कि ऐसे पढ़ो, यहाँ एप्लाई करो, और न अपने खानदान के किसी बच्चे को आगे बढ़ने के लिए प्रेरित किया। वह गाँव बहुत कम आता है। वह भी तब तक, जब तक कि उसके पिता गाँव के मकान में रह रहे हैं।

मैं जानता हूँ कि अतीत में जीवित रहना अच्छी बात नहीं है। अतीत भूत है, जिसके पैर उल्टे होते हैं। लेकिन क्या करूँ। मैं स्मृतियों में जाए बिना अपने बच्चों को ठीक से समझा नहीं पा रहा कि इन पिछड़े लोगों को आरक्षण दिया जाना क्यों जरूरी है। यदि ऐसा किया जा रहा है तो इसमें मरने-मराने की क्या जरूरत है।

यहाँ आ कर मैं थक जाता हूँ।

मेरी सोच ठहर जाती है। अतीत से ही, लेकिन इतना ज्यादा दूर से नहीं। मेरे चाचाजी आकर, जैसे मेरे सामने बैठ जाते हैं। वे बहुत थके हुए हैं। लगता है कोई इण्टरव्यू देकर लौटे हैं। हर इण्टरव्यू के बाद वे झल्लाए हुए आते हैं। और झुँझलाकर कहते हैं, "इन सालों से पूछो, हमारी पढ़ाई है किस काम की।" मुझे याद है वह दिन, जब वे ग्रामीण विकास के महकमे के किसी पद का इण्टरव्यू

देकर लौटे थे। उनसे पूछा गया था—ब्रिटेन के संविधान के बारे में, फ्रांस की राजनीति के बारे में, अमेरिका की विदेश-नीति के बारे में, हाकी के खिलाड़ियों के बारे में, क्रिकेट के बारे में...। बेचारे गाँव के सीधे-सादे युवक थे। तब हमारे गाँव में न अखबार आता था, न ज्यादा रेडियो थे। ट्रांजिस्टर थे। टीवी तो हिन्दुस्तान भर में नहीं थे। चाचाजी बड़बड़ाते हुए बाबाजी से कह रहे थे, तुम्हीं बताओ भइया। ग्रामीण विकास से इन सवालों का क्या ताल्लुक है ? शहर के लड़के कोचिंग क्लास अटेण्ड करते हैं, अखबार पढ़ते हैं। उन्हें इण्टरव्यू की बाकायदा तैयारी कराई जाती है। तमाम सुविधायें उनके पास हैं और सब जगह के इण्टरव्यूओं में ऐसे सवाल पूछे जाते हैं। ऐसे में ये ही तो चुने जायेंगे। हम लोग रह जाते हैं। कम से कम ऐसी नौकरियों में तो गाँव की खेती-क्यारी की बातें पूछी जानी चाहिए। किस फसल के लिए कब तैयारी करनी चाहिए, गेहूँ के लिए कैसी जमीन चाहिए, कपास के लिए कैसी ? कितने पानी गेहूँ में लगने चाहिए, कितने चना में ? गेहूँ की उन्नतशील किस्में या चावल की उन्नतिशील किस्में कौन-कौन-सी हैं, फसल-चक्र क्या है, भूमि-कटाव रोकने के लिए क्या करना चाहिए ? खाद कब कौन-सी दें ?... कुछ तो पूछा होता। तब देखता मैं। मुझे याद है बाबूजी चाचाजी के तर्क से सहमत थे, लेकिन चुप थे। चाचाजी का क्रोध बाजिव था। वह कई दिनों तक अनमने रहे। अक्सर हमारी शिक्षा-प्रणाली को गाली देते। उदाहरण गिनाते, फिजिक्स-कैमिस्ट्री से एम.एस-सी. करके फलाँ लड़का बीमा कम्पनी में लग गया, भूगोल से एम.ए. करके वह किसी दफ्तर में अधिकारी बन गया, इतिहास से एम.ए. करके फलाँ-फलाँ लड़का बस कन्डक्टर बन गया, जूलॉजी या बोटनी से एम. एस-सी. करके अमुक बैंक में यू.डी. सी. बन गया था पुलिस में भर्ती हो गया, गणित में एम.एस-सी. करके मेरा अमुक दोस्त पोस्ट ऑफिस में बाबू बन गया... बताओ किस काम आई उनकी वह पढ़ाई ? फिर वे बड़बड़ाते हुए चिन्ता में डूब जाते कि जब यह पढ़ाई आगे हमारे जीवन में किसी काम नहीं आनी, तो हम इसे पढ़ क्यों रहे हैं ? एक-एक लड़के पर कम से कम दस हजार रुपये का खर्चा किया जा रहा है, कितने करोड़ रुपया यों ही बर्बाद हो रहा है ? शिक्षा का असली मायने तो रहा ही नहीं।...

मेरी चेतना के भीतर उठी एक धुध से प्रकट होते हैं, हमारे दादाजी। चाचाजी एम॰ एस-सी॰ कर रहे थे। गणित से। वे होशियार भी थे पढ़ने में। लेकिन दादाजी 'अपने गणित' के सवाल उनसे पूछने लगते, तो चाचाजी की सारी ट्रिग्नोमैट्री, न्यूमेरिकल एनालाइसिस, सिम्पन और ट्रेनीजोइडल रूल, मीन वेल्यू थ्योरम, माडर्न एलजबरा, रिंग थ्यॉरी, डिफरेंसियल इक्वेशन्स....धरी रह जाती। मसलन दादाजी पूछते....एक राजा एक पंडितजी पर बहुत खुश हुआ। उन्होंने पंडितजी से कुछ माँगने को कहा। राजा उस समय शतरंज खेल रहे थे। पंडित जी ने कहा—शतरंज के हर खाने में दो गुने चाल जोड़ कर दे दीजिए। राजा ने हँसकर कहा—वाह, यह कौन-सी बड़ी बात है। बताओ, राजा को कितना चावल देना पड़ा ? बजार-भाव से दाम भी बताओ।

चाचाजी चुप हो जाते और दादाजी मुस्करा कर उत्तर देते 866944699377006 मन, 12 सेर, 2 छटाँक, 9 माशा, 7 रत्ती और 5 चावल। फिर बाजार भाव से उसकी कीमत लगा देते।

इसी तरह उनका एक सवाल होता था—

एक अजगर चला नहाय। नौ दिन में अंगुलि भर जाय।।

अस्सी कोस गंगा का तीर। कितने दिन में पहुँचा वीर।।

इसका उत्तर होता—19644800 दिन।

मुझे लगता है इन दोनों सवालों के बीच मे ही मेरे बच्चों की आँखों में उभरते सवालों के जवाब पसरे हुए हैं एक ओर तो शतरंज बिछी है और सवर्ग वर्ग बार-बार लेता रहा है सिर्फ शतरंज के एक खाने के दो गुने चावल। और दूसरी ओर पिछड़े समाज का, गरीब समाज का अजगर नौ दिन में एक अंगुल खिसक रहा है। गंगा का किनारा हर बार वही अस्सी कोस की दूरी पर है। दादाजी अब नहीं रहे। अजगर उसी चाल से चल रहा है। पता नहीं वह कब गंगा तट तक पहुँचेगा। मुझे प्रतीक्षा है उसके वहाँ पहुँचकर गंगा नहाने की। मुझे ही क्यों, मेरे बच्चों को भी, उनके बच्चों को भी... और पता नहीं कितनी पीढ़ियों को यही प्रतीक्षा रहेगी।

□□□